김 창 완 의 작고 사소한 것들에 대한 안부

안녕,
나의 모든
하루

김창완 의 작고 사소한 것들에 대한 안부

일상에 관한 소고

일상은 오늘이나 현재를 가리키는 말이 아니다.

자동차 운전이 일상이 되려면
처음 핸들을 잡았던 날로 돌아가야 한다.
방송일이 일상이 되려면
처음 마이크 앞에 서서 다리가 후들거리던
그때로 돌아가야 한다.

마찬가지로 삶이 일상이 된다는 것은
태어나던 그 시간으로 돌아가는 일이다.

모든 일상은 그것의 시작으로부터 현재까지의
거리만큼 떨어져 있다.

그 거리의 미분이 '카르페 디엠'이고
적분은 추억이다.

'Ode to 추억'이 일상인 것이다.

일상은 누적된 생활에서 풍기는 향기다.
쌓인 게 없으면 일상도 없다.

오늘이 일상이 되려면
모든 어제가 필요하다.

2016년 7월
김창완

오늘이 있다는 게 위안이고 희망이고 선물입니다.
그러니 진부한 위로와 응원보다
새로 생겨난 나의 오늘에 기대를 걸어볼 일입니다.
스스로의 힘을 믿으세요.

차례

일이 좀 꼬이면 오늘은 그냥 그런 날인가 보다 하는 것도 지혜입니다. 자전거 타기 같은 거죠. 자전거는 쓰러지는 방향으로 가줘야 복원력이 생기거든요. 오늘은 인생이 나를 이쪽으로 가라고 하나 보다 하고 힘을 빼고 가다 보면, 또 금세 오뚝이처럼 똑바로 서게 됩니다.

쓰러지는 방향으로 가야
쓰러지지 않는 자전거처럼

고양이 발자국

동네 길고양이는 꼭 생선을 굽지 않아도 환풍기 소리만
들리면 어슬렁어슬렁 부엌 창문 근처에 나타납니다. 얼마
나 먹을 게 간절했으면 냄새도 나지 않는데 오겠어요. 그
길고양이가 가까이 다가오는 걸 지켜보면, 몹시 배가 고파
보이는데 하도 도도하고 꼿꼿해서 전혀 구걸하는 걸로 보
이질 않아요. 저는 그걸 '자존심'으로 생각할 뻔했어요. 그
런데 좀 더 자세히 보니 그 모습은 자존심 문제가 아니었
어요. '생명'이었습니다.

배가 불룩한 게 새끼를 가졌더군요. 그 도도함이 생명의
잉태에 대한 어미 고양이의 강한 의지로 느껴졌습니다.
고양이가 창문 앞에 다가와서 디딘 자리에는 바위에도 자
국이 새겨질 것 같은 삶의 발자국이 남았습니다.

착한 그림

번거로우시겠지만 한번 따라해보실래요.

흰 종이가 있으면
왼쪽에서 오른쪽으로 금을 하나 쭉 그어보세요.
그리고 상상을 하는 거예요.
금 밑은 땅이고 금 위는 하늘이라고.
멋진 그림이 됐지요?

마찬가지로 마음속에
동그라미를 두 개 그리는 거예요.
하나는 커다란 원, 하나는 깨알만큼 작은 원.

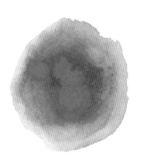

커다란 원에는
고운 마음, 기쁜 마음이라고 쓰고
깨알만큼 작은 원에는
원망, 불안, 초조, 못된 마음이라고
쓰세요.

어때요.
착한 사람이 된 것 같지 않으세요?

마음은 무엇으로
닦아야 하나

오랜만에 안경알을 비누로 닦았어요. 침침하게 보이던 풍경들의 윤곽이 또렷해졌습니다.

사실 저 같은 안경쟁이들에게는 안경이야말로 간밤의 기록이지요. 어떤 때는 일어나서 보니 안경다리가 발레라도 하는 것처럼 쫙 펴져 있질 않나, 또 코 받침이 납작하게 눌려 있질 않나, 안경이 무슨 잘못을 했다고 밤새 그렇게 괴롭힌 건지 싶을 때가 있습니다.

하여간 이렇게 안쓰러운 안경에게 사과의 뜻으로 안경알을 비누로 씻겨줬습니다. 깨끗해진 안경알 덕분에 오히려 제가 깨끗한 세상을 보게 됐어요.

그런데 마음도 안경만큼이나 저에게 괴롭힘을 당했을 텐데, 사과의 뜻으로 씻겨줄 수는 없을까요. 매일 수많은 감정이 마음으로 쳐들어오잖아요. 그 감정들이 남긴 찌꺼기들, 마음에 켜켜이 찌든 때들을 말끔히 거둬낼 세제는 없을까요. 마음을 닦는다…, 얘기는 참 많이 들었는데 어떻게 해야 할지 막막합니다.

순하고 착한 것만 보면 될까요.
좋은 노래를 들으면 될까요.
무엇보다도 제가 선한 사람이 되는 게 가장 좋겠지요.

안경알만 닦아도 세상이 깨끗해 보이는데,
깨끗이 씻은 마음으로 세상을 보면
세상이 얼마나 다르게 보일까요.

마음을 씻는다는 말 있지요. 세심洗心, 씻을 세 마음 심.
마음을 씻고 또 씻다 보면 무심無心을 가질 수도 있을까요.

내 안의 풍향계

겨우내 추워서 못 타다가 오랜만에 페달을 밟는데도 자전
거가 잘 나가더라고요. 쉬는 동안 다리 근육이 다 풀려서
그런가 했더니 아니었어요. 휘파람이 절로 나왔습니다.
그런데 그게 이유가 따로 있었어요. 자전거로 달리면서
보니까 내가 가는 방향과 바람의 방향이 같은 거 있죠. 바
람이 내 등짝을 밀어주고 있더라고요.
그렇게 순풍 타고 오면 반대로 갈 때는 역풍을 맞고 힘들
게 가겠네, 싶으면서 걱정이 됐어요. 그래도 어쩌겠어요.
편하게 왔으니 갈 때는 힘들어보기도 해야죠.
그런데 그게 또 순리는 아니에요. 맞바람이 불어서 죽어라
하고 갔는데 올 때 바람 방향이 바뀌어서 또 죽어라죽어라
하고 올 때가 있죠. 그땐 그냥 넉다운이 되어버립니다.

그래서 습관이 하나 생겼는데요. 노량대교를 빠져나와 당인리발전소 굴뚝을 보는 것입니다. 굴뚝에서 올라오는 연기를 보면 바람 방향을 정확히 알 수가 있어요.
제일 좋은 날은 굴뚝 연기가 잘 탄 종잇장처럼 곧게 올라가는 날이에요. 바람 없는 날이 좋습니다.

인생살이도 마찬가지예요. 순풍만 불면 제일 좋겠죠. 그런데 사는 게 그렇지가 않잖아요. 내리 역풍만 불 때가 더 많습니다.

그래서 차라리 어떤 바람도
불지 않았으면 좋겠어요.
그냥 아예 바람이 불지 않아서
노력한 만큼 얻는 편이 제일 좋은 것 같습니다.

마음솜틀집

요즘엔 솜틀집 보기 힘듭니다. 그거 왜 점점 없어지나 모
르겠어요. 꾀죄죄하게 납작해진 이불도 거기만 갔다 오면
보송보송해지고 덮을 때 기분 좋게 해주잖아요.

실제 솜틀집이 필요 없을 거 같으면 마음솜틀집이라도 생
기면 좋겠어요. 이불솜만 그럴 게 아니라 권태로운 일상
에 찌들고 비틀어진 마음도 들어내 한 결 한 결 분리해서
불순물도 제거하고 새 숨을 불어넣어주면 얼마나 좋아요.

마음도 어차피 재활용해야 합니다.
마음에 응어리진 것들이
털어버린다고 해서 없어지는 것도 아니잖아요.
그저 꺼내서 분리하고 다시 조합해서
또 쓰는 게 마음 아니겠습니까.

산뜻하고 신나게

세수를 한다는 건 참 산뜻한 일이에요. 차가운 물에 손을 담그면 그 부드러운 촉감이 전해져오지요. 찰랑거리는 물소리, 향긋한 비누냄새와 재미있는 거품 놀이. 헹구고 나면 찌꺼기가 다 떠내려간 기분이에요. 얇은 껍질이 벗겨져 새살이 돋은 것 같지요.

세수를 하는 건 참 신나는 일이에요. 매일을 어제의 세수같이 보내면 매일이 산뜻하고 신날 거예요.

거짓 없는 마음

오늘 날씨를 보고 로댕의 〈생각하는 사람〉을 떠올렸어요.
그 조각의 백미는 턱을 괴고 있는 팔이나 수심에 차 아래
를 응시하는 얼굴 표정이 아닙니다. 바로 잔뜩 안쪽으로
꼬부리고 있는 발가락이래요. 그게 고뇌하는 모습을 극명
하게 드러낸다는 겁니다.

하긴 말에는 거짓을 담기가 쉬워 세 치 혀로 사람에게 큰
상처를 입히기도 합니다. 온화한 얼굴 뒤에 비수를 감추
고 있을 수도 있으니, 사람의 말과 표정만큼 의심스러운
것도 없어요.

의도적으로 연출할 수 없는 것들이 무의식중에 드러나곤
한다는데 그게 바로 〈생각하는 사람〉의 발가락이겠지요.
마음의 상태를 비춰주는 거울이 얼굴이 아니라 발가락이
라니요. 그거 참….

별 볼일 없어
좋은 날

며칠 만에 현관문을 여니 우주에서 온 편지처럼 신문이
쌓여 있더군요. 영화 〈플레전트빌〉의 흑백의 마을로부터
컬러의 세상으로 제가 다시 나오는 기분이었어요.

신문을 펼치니까 이러이러해서 경제 사정이 어려우니 걱
정이 아닐 수 없다, 전쟁을 해서는 안 되겠다, 지구 어디
엔가 지진이 났다, 귀경길 화장실이 죽을 지경이었다, 그
런가 하면 이렇게 착한 사람도 있더라는 등 아직은 살 만
하다는 희망을 한 조각 실어놓기도 했어요.

문득 백 년을 자다 깨도 똑같은 신문을 보겠지 싶더군요.
그러고 생각하니 뭐니뭐니해도 우리에겐 오늘이 있다는
게 큰 위로며 희망이며 기쁨입니다.

오늘은 또 뭘로 지지고 볶을지 괜히 설레기까지 합니다.
별 볼일 없어 좋은 날입니다.

오직 과녁만을 향해
날아가듯

가끔 끼적거리면서 화살을 그리는 습관이 있습니다. 언제부터 화살을 그리기 시작했는지는 잘 모르겠지만, 아주 오래된 습관인 것만은 틀림없습니다. 왜 화살을 그리는 걸까, 하고 생각해보니 화살의 생김에 그 답이 있었습니다.

곧고 날렵하게 날아가는 폼이나 꼿꼿하면서도 탄력 있는 화살대를 떠올리면, 나의 인생 태도를 돌아보게 됩니다. 예리하게 과녁을 향하는 화살촉을 떠올리면, 나의 판단력을 점검하게 됩니다. 안정적으로 날아가게 하는 화살깃을 떠올리면, 나의 평정심을 찾아보게 됩니다.

고은의 시에서처럼 활시위를 떠나 가진 것, 누린 것, 쌓은 것, 그런 것 다 넝마로 버리고 온몸으로 가는 그 화살처럼 살고 싶습니다. 분명한 판단력과 굳은 마음과 곧은 태도로 안일하게 현실과 타협하면서 움켜쥐던 것들을 버리고 화살처럼 명쾌하게 날아가고 싶습니다.

인생을
연주할 때

악기는 며칠만 그냥 두면 소리가 뒤틀어집니다. 튜닝이
흐트러지지요. 그럼 다시 조율을 해줘야 합니다.
오늘도 기타를 매만지다 그런 생각을 했습니다. 우리는
참 일상을 조율 없이 사는구나, 하고요. 조율이 안 된 기
타를 쳐도 그냥저냥 소리야 나지요. 하지만 투명하고 맑
은 소리는 아닙니다. 울림이 느껴지지 않고 감동이 전해
지지 않아요.

일상도 악기와 같습니다. 튜닝이 흐트러지지 않게 조율을
해야 합니다. 가장 아름다운 소리가 날 수 있도록 준비하
는 거지요. 그 방법은 각자 나름이겠지만, 우선은 내가 무
엇이든 공감하는 것입니다. 튜닝이 된 기타 줄이 퉁겨지
면서 음파가 만들어지듯이 나도 기타 줄처럼 어느 것에든
반응하도록 모든 감각을 팽팽하게 조여서 맞춰놓고 있다
면 삶이 아름다운 멜로디를 만들어내지 않을까요.

연주할 때 보면 똑같은 음도 어떤 소리 앞에 오느냐 뒤에 오느냐, 어떤 음과 함께 울리느냐에 따라 전혀 다른 소리로 들립니다.

사람살이도 똑같지요. 누구와 함께 있느냐, 어디에 있느냐에 따라 다른 소리로 울릴 수밖에 없어요.

다만 누구와 어디에 있든 늘 아름다운 소리를 내는 사람이 있는가 하면, 부딪히는 탁한 소리가 나는 사람도 있을 거예요.

나의 삶을 어떻게 연주해야 할까요. 늘 아름다운 소리를 내는 사람이 되지 못하더라도 아름다운 화음으로 인생찬가를 연주하길 바랍니다. 여러분 모두.

깨어 있음의
이유

자전거를 타고 가다가 급한 전화 같아 내려서 받았습니다. 자전거를 세우고 나서 전화를 받았는데도 통화 내내 숨이 차서 헐떡였습니다. 전화를 끊고 나서도 계속 가슴이 쿵쾅대고 호흡이 가빠서 헉헉거리더라고요. 나는 멈춰서 있었지만 내 허파와 심장은 계속 열심히 운동을 하고 있었구나, 말하기도 힘들 정도로 힘껏 움직이고 있었구나, 하는 생각이 들었습니다.

평소에 잊고 살지만 우리의 몸은 지금 최선을 다해 생명을 지키고 있습니다. 몸의 그런 기특한 노력에도 불구하고 정신이 스스로를 망가뜨리는 탐욕이나 남에게 피해를 입히는 못된 감정에 빠져 있다면, 그 얼마나 부끄러운 일이겠습니까.

너도나도 부지런해지자, 라고 다짐하지 게을러지자, 라고
하지는 않잖아요. 그래서 몸이라는 것이 원래 게으른 건
줄 알았어요.
그런데 아니더라고요. 쉼 없이 펌프질을 해대는 심장, 아
름다운 풍경과 정다운 사람들을 한시도 놓치지 않고 찍고
있는 눈동자, 나를 쓰다듬고 어루만져주는 이의 손길을
향해 열려 있는 피부.
내 몸 곳곳이 저마다 역할을 나눠서 순간순간 감각을 알
게 하고 감정을 깨닫게 하더군요,

그렇게 진정 나는 깨어 있구나,
나는 살아 있구나, 하고
가슴 깊이 느끼게 해주다니.
문득 몸에게 미안한 마음이 듭니다.

복습하기

6시 53분, 신도림에서 전철을 타고, 18개의 계단을 오르고, 똑같은 맛의 자판기 커피를 꺼내고, 똑같은 책상, 매일 보는 얼굴을 마주하고 앉는 시간은 9시 10분 전.
우리는 이 붕어빵 같은 매일 매일에 넌더리를 낼지도 모릅니다.
제가 조금 다른 제안을 해볼게요. 어제를 복습하면서 사는 겁니다. 바둑에서 말하는 복기라는 거지요. 한 번 해봤으니까 얼마나 익숙하게 잘하겠어요.

똑같은 전철을 타고 어제는 못 봤을 것을 오늘은 찾아서 보는 겁니다. 똑같은 커피를 마시고 어제는 지나쳤을 커피 향에 오늘은 더 집중하는 겁니다. 똑같은 사람들을 마주하고 어제는 건성으로 했던 인사를 오늘은 진심을 담아 하는 겁니다.
그것만으로도 얼마나 다른 날이 됩니까.

어제가 오늘 같고 오늘이 어제 같은 날이 있잖아요. 어제와 오늘이 쌍둥이처럼 닮은 듯이요. 그런 날은 햇빛 조도도 비슷하고, 보이는 풍경도 비슷하고, 분위기가 아주 비슷해서 마치 다 푼 시험지를 다시 푸는 기분입니다. 답을 다 아니까 마음이 참 편안해요. 침착해지기도 하고요.

오늘이 어제와 다르지 않고 새롭지 않다고 해서 지루하게 여기기보다, 어제 못 끝내서 아쉬웠던 일들을 오늘 마무리한다고 생각하면 어떨까요. 그런 날로 지낸다 생각하니, 오늘 더 잘해야 할 것 같습니다.

그 각오가 오늘을 새롭게 만들어줄 테니까요.

처음 겪는 하루

향나무 냄새가 나는 기다란 새 연필을 깎으면 이제부터는 글씨를 흘려 쓰지 않고 또박또박 정성 들여 써야지 하고 다짐했던 적이 있잖아요. 새 신발을 신으면 신발에 흠내지 않으려고 돌부리를 피해 다닙니다. 새 옷을 입으면 누구나 새사람이 되는 기분이지요.

오늘은 새날입니다. 처음 겪는 하루예요.
무엇을 다짐해야 할까요?

당연해도 신나는

'드디어'라고 해야 할까. '결국'이 더 나을까. '비로소'는 어떨까. "아침이 밝았습니다."라는 말 앞에 무엇을 붙이면 좋을까 생각했습니다.

'드디어'라는 말을 붙이면 바라고 바랐던 새날이 시작됐다는 뜻일 테고 '결국'이라는 말을 붙이면 그럼에도 불구하고 새날이 왔다는 뜻일 테고 '비로소'라는 말을 붙이면 오지 않을 것 같았던 새날이 되었다는 뜻일 테죠. 그 무슨 말을 붙여도 아침이 밝아 새날이 시작되어 참 반갑고 좋다는 것입니다.

그렇다면 '앗싸'나 '에헤라'를 붙여도 괜찮지 않을까요?

한 주일이 새로 생긴다는 일이 얼마나 신나는 일인지 미처 몰랐어요. 그저 그런 날들이 몰래 옷에 묻어온 도깨비풀같이, 떨어지지 않는 껌같이 그렇게 달려 있는 건지 알았어요. 하지만 지금 옹알이하는 시절도 아니고, 사춘기도 지나고, 잘만 하면 뭐든 내가 마음먹은 대로 할 수 있는 오늘이 내 앞에 있는 건데, 정말 감격스럽지 않나요?

아직 사용하지 않은 하루가 생긴다는 건 정말 신나는 일 아닐까요.

오늘 키우기

생일 축하합니다. 생일 축하합니다.
사랑하는 '오늘'의 생일 축하합니다.
매일 매일이 생일인 거예요. 오늘도 어떤 아기가 태어났어
요. 오늘이 생의 첫날인 거지요. 무심코 부른 생일 축하 노
래가 생명의 노래로 가슴에 파고듭니다. 틀림없이 오늘이
생의 첫날인데 어쩜 이렇게도 잊고 사는지 모르겠습니다.

날짜를 쓰다 보니 날짜가 갓 태어난 아기 같아요. 아기가
커가는 걸 보면 얼마나 신기해요. 꼬물꼬물 움직이는 게
하품하는 것만 봐도 우주의 호흡같이 신비롭게 보이잖아
요. 그렇게 백 일을 정성 들이다 보면 어느새 돌이 되곤
합니다. 그런 것처럼, 오늘 날짜도 잘 길러야 될 텐데요.
하지만 날짜라는 아기를 키우는 건 수십 번을 되풀이해도
익숙해지지 않고 영 까탈스럽기만 합니다.
그게 인생인 것 같아요. 그게 또 삶의 매력이며 향기겠지
요. 그렇지 않으면 설렘이나 희망이라는 말도 없을 테니
까요.

내가 받은 선물

이건 선물입니다. 이건 서프라이즈고 누군가가 나를 위해
숨겨둔 비밀 이야기입니다. 구름 한 점 없는, 저 거침없는
솔직하고 무변한 포옹은 나를 다 감싸 안고도 남습니다.
자장가보다 포근한 바람은 또 어떻고요.

이건 분명, 나를 위한 선물입니다.
바로 오늘이요.

지금 이 순간

사람에게 없으면 가장 괴로운 게 뭘까요. 먹는 것, 입는 것, 체면…?
글쎄요. 사실 어떤 것 하나라도 없으면 그 결핍이라는 게 얼마나 삶을 옥죕니까. 그러니 사람에게는 없으면 안 될 것은 참 많습니다.
그러나 반대로 더 따지고 보면 사실 내 인생에 그토록 필요한 것도, 없어서 너무 괴로울 것도 그렇게 많지 않습니다.

지금 이 시간 말고는요.
이 순간이 없으면 아무것도 소용없지
않겠습니까.

어제의 기억

하루를 살아가는 데 한 가지만 가져도 된다면 무엇을 더
원해야 할까요? 희망이요, 설렘이요, 기다림이요? 그냥
소박하게 차 한 잔의 여유나 마음의 평화를 원하는 분들
도 있겠지요.

저는 어제의 기억을 원하겠습니다.
오늘을 살아가는 데 간절한 단 하나로
꼽겠습니다.

로스트 타임

어떤 분이 저에게 뜬금없이 돈이 얼마나 있느냐고 묻더군요. 제가 그런 것에는 젬병이어서 한참 머릿속을 열심히 돌리고 있는데 그분이 웃으시며 그러는 거예요. 모아놓은 돈이 제 것이 아니라, 여태까지 제가 쓴 돈이 제 돈이라고요. 맞는 말 아닙니까.

시간도 마찬가지 같아요. 오래 전에 지나다가 'Lost time' 이라고 적힌 술집 간판을 보고서 가게 주인이 술 마시는 시간을 잃어버리는 시간이라고 가게 이름을 정한 모양이다 생각했는데, 따지고 보면 살면서 자각 없이 잃어버린 시간이 얼마나 많겠습니까. 그렇게 잃어버린 시간, 이미 써버린 시간이 나의 시간인 셈이죠.

앞으로 올 시간이,
남아 있는 시간이 여러분의 시간인 줄 아셨죠?

길은 길인데

등굣길의 어린 학생들을 보면 어쩜 그렇게 예쁜지 모르겠어요. 그땐 그렇게 졸리잖아요. 눈에 잠을 그득 담고 가는 모습이 참 귀여워요. 눈에 잠을 그득 담고 출근길에 오른 아저씨들도 있는데 그 모습은 너무 애잔해요.

출근길하고 등굣길, 똑같은 길인데 그렇게 다른 이유가 뭘까? 똑같이 버스 타고 똑같은 횡단보도 위에서 거의 비슷한 시간에 비가 오면 비를 맞고, 눈이 오면 그 눈을 밟으며 가는 건데 뭐가 등굣길은 꽃길로 만들고 출근길은 가시밭길로 만드는 걸까? 혹시 다시는 못 가는 길이어서 그 지겹던 등굣길이 아저씨들에겐 꽃길로 보이는 걸까? 이런 저런 생각을 하는데 진짜 이유가 생각났습니다.

가방 안에 담긴 게 달라서예요. 등굣길 가방에는 모르는 것이 잔뜩 들었잖아요. 출근길 가방에는 보통 아는 게 들어 있어요. 그러니까 등굣길은 아직은 모르는 길을 가는 거죠. 출근길은 아는 길로만 가야 합니다.

그걸 바꿔보면 출근길이 등굣길로 변할지도 몰라요.

그저 그렇게

"늦으면 안 된다."
그저 아무 생각 없이
그것밖에 모르고 페달을 밟았어요.

"그저 살아야 한다."
그렇게 아무 생각 없이
그것밖에 모르고 사는 방법은 없을까요.

'만약에'를
선물합니다

제가 아주 즐거운 선물을 드리겠습니다.
세상만사 마음먹기 나름이라잖아요.
따지고 보면 지지고 볶으며 사는 게
별것 아니지만요.
사람 사는 재미가 그거지 뭐 딴 거겠어요.
지금 당장 끼닛거리가 없어도
지금 당장은 일거리가 없어도
내 편이 있으면 마냥 든든할 수 있는 거 아니에요.

그래서 '만약에'를 선물로 드리겠어요.
만약에 애인한테서 전화가 온다면,
만약에 내가 새가 된다면…
만약에, 만약에….

삶에서 '만약에'를 뺀다면
무슨 힘으로 하루를 살겠어요.
비록 지금 내가 가진 것 없고
비록 지금 내가 초라하더라도
'만약에'를 말 이마에 매단 홍당무처럼
매달고 사는 게 인생이 아니겠어요.

꿈꾸는 사람이 행복한 거예요.
만약에 뒤에는 그 무슨 말이 와도 좋아요.
그래요. 뭐, 그 뒤에 대단한 게 안 오면 좀 어때요.

그런데 이건 어떨까요.
만약에 내가 지금 괴로울 정도로
돈이 많다면, 하는 꿈을 꾼다면
우리 모두 알렉산더 대왕 앞에서 당당하던
욕심 없는 디오게네스가 돼보는 겁니다.
그럼 정말 부러울 것 없는
햇살을 갖게 될지 모릅니다.

눈을 감아봐
네가 보일 거야

적의 동태를 살필 때는 가까운 곳에서부터 시작해서 먼
곳을 보라고 합니다. 땅 가까이에서 시작해 점차 눈을 위
로 향하는 거지요.
내가 보고자 하는 사물에 한달음으로 다가가지 말고 천천
히 접근해가세요. 저기 나무가 있다면, 그 나무를 바로 보
지 말고 베일에 가려 있다 생각하고 보는 거예요.

눈을 크게 뜨는 것보다, 실눈으로 보는 게 더 잘 보이는
것 같아요. 특히 움직이는 것보다 멈춰 있는 것을 응시하
고 있는 게 좋습니다.

그렇게 아지랑이를 보고 있으니까, 봄이 내 눈 속으로 확
들어오는 것 같더라고요.

백문이 불여일견이라는 속담이 있긴 하지만, 어떤 의미에서 보이는 게 다는 아닌 것 같습니다. 눈에 보이는 것은 빛의 장난으로 그치는 때가 허다하죠. 더 반짝이게 보이든가 다른 걸로 착각하게끔 보이기도 하잖아요. 그리고 다르게 보자면, 당장 눈앞에 보이는 것에 급급해한다는 건 작은 일에 꺼둘린다는 의미 아니겠습니까. 오히려 눈에 보이지 않는 것이 더 특별할 수도 있겠다 싶어요.

그래서 아침에 일어날 때 평소와 다른 걸 해봤어요. 제일 먼저 눈을 뜨기보다 잠시 눈을 감고 공기를 크게 들이마셔서 후각을 열고, 귀를 기울여 소리를 들어봤습니다. 그랬더니 정말 신기하지 뭐예요. 햇살이 흙에 닿는 보송보송한 내음 그리고 옆집 밥상 차리는 냄새, 멀리 차 소리, 골목 발자국 소리, 앞집 문 여닫는 소리만으로 아침이 그려지더군요.

내음과 소리로 보는 세상은
빛이 닿지 않는 곳까지 보게 해줍니다.
세상이 한결 더 아름답게 느껴집니다.

오늘
내가 맡은 배역

엉뚱한 상상을 좋아합니다. 그래서 엉뚱하게 저한테 장난 좀 쳐보기로 했습니다.

어렸을 때 부모님들께서 아이들 기 살려주느라고 우리 장군이니, 왕자님이니, 공주님이니, 하고 부르잖아요. 저도 저를 주인공이라고 부르기로 했어요.

아침에 눈을 뜨자마자 "아이고, 주인공님 일어나셨네."라고 말하고는 욕실에 들어가 칫솔에 치약을 짜서 묻히면서 "우리 주인공님 이 닦으신다."라고 하고, 거울을 보면서 "주인공님 눈곱 떼셔야겠네."라고 하면서 눈을 비비고, "주인공님 외출하시네."라고 해봤지요. 이러니까 괜히 어깨가 으쓱하더라고요.

그런 식으로 이렇게 생각해보자고요. 주머니 사정이 영 시원찮으면, 내가 맡은 주인공은 주머니가 두둑하지 못한 배역이구나, 역할이 그러니 좀 가벼운 게 자연스럽다, 오히려 캐릭터에는 잘 맞는구나, 하고 생각하면 어떨까요. 또 걱정거리가 많으면, 이 역할이 고뇌가 많은 설정이구나, 고민들이 어색하지 않구나, 하고 여기면 어떨까요.

너무 억울해할 일도 아닙니다.
그냥 잠깐 맡은 배역일 뿐이잖아요.

다른 생각

"아무리 작은 기억이라도 소중히 생각하며 사랑하겠다."
자전거로 강변을 달리다 한 생각입니다. 왜 그런 생각을
했나, 하고 곱씹게 된 건 한참 무심히 페달을 밟고 나서였
습니다. 아마도 파릇하게 생명을 칠하고 있는 형체 없는,
있다 해도 왜 그런 모양의 의도를 갖게 됐는지 모를 풀들
때문에 그런 생각이 들었지 싶더군요.
자전거로 달리기 시작한 지 10km 정도 된 구간에서의 발
견이었습니다. 반대로 강원도, 경기도를 오가며 진종일
차로 5시간을 운전해서 400km 정도 된 구간에서 발견한
것은 차들은 막히는 길을 아주 좋아한다는 것이었어요.
이거 달라도 너무 다른 생각 아닙니까.

조금 느릴수록
작고 소중한 것이 보이고
삶이 더 뭉클하게 느껴지는 게 아닐까요.

인생은
그런 게 아니다

한강다리 옆을 지나오는데, 아마 인천 바다에서 날아왔을 거예요. 갈매기가 바람을 타며 놀고 있었어요. 제가 놀고 있다고 한 건, 그 다리 옆엔 물고기가 없을 것 같아서예요.

학창 시절 공부를 하든 안 하든 눈 뜨면 뭔가 배워야 한다는 강박에 시달리잖아요. 성인이 되고 나면 일을 하든 안 하든 돈을 벌어야 한다는 강박에 시달리게 됩니다.

그 갈매기가 날갯짓을 하는 게 꼭 다 먹이를 찾기 위한 것만이 아니듯, 우리가 하는 모든 일이 돈을 버는 일이나 공부를 하는 일이어야 할 필요는 없을 것 같아요.

형편이라니요

"저는 지금 놀 형편이 안 됩니다."

"저는 공부할 형편이 안 돼요."

"제 형편에 무슨 장갑니까?"

가만히 생각해보니 뭘 하려고만 하면 늘 '형편'이 안 됐던 것 같아요. '형편'이란 말을 '준비'라는 말로 바꿔도 뜻이 크게 바뀌지는 않습니다. '형편'을 '마음'으로 바꿔도 다르지 않습니다.

그 안에 들어갈 말을 찾는 시간이
핑계를 대는 시간 같다는 기분이 드는군요.

세상을
아십니까

백화점 엘리베이터 안에서 유모차에 누워 있는 아기한테 얼굴을 들이미니까 그 녀석이 엘리베이터 버튼 누르듯이 내 코를 꾹 눌러요. 아아, 그 녀석은 뭐든지 눌러보는 시절인 것 같았어요.

코도 눌러보고, 병아리 인형도 눌러보고, 엄마 눈도 눌러보고, 뜨거운 다리미나 전기난로를 눌러보고는 자지러지게 울기도 하겠지요. 그렇게 세상을 알아가는 거겠지요.

이런 생각이 듭니다. 그 아기는 세상을 알기 위해 이것저것 다 눌러보는데, 우리는 마치 이제 세상을 다 아는 것처럼 생각하는 것 아닌가, 하구요. 정말 세상을 배우려면 적어도 두드려보고 눌러보면서 알아가야 하지 않을까요.

기가 찰
노릇

외로워서 사랑하는 게 아니라 사랑해서 외로워지는 거라
던데, 행복도 마찬가지 같습니다. 불행해서 행복해지려고
노력하는 게 아니라 행복하려고 기를 쓰다 보니 불행을
더 크게 느끼는 것 아니겠습니까.
그런데 행복이 무엇이고 불행이 무엇일까요? 행복하지
않으면 다 불행한 걸까요? 불행하지 않으면 다 행복한 걸
까요? 우리는 행복이 뭔지, 불행이 뭔지 잘 몰라서 그저
불행하다고만 여기는 건 아닐까요?

행복 입장에선 얼마나 기가 찰 노릇이겠어요.
사람들이 잘 알지도 못하고,
불행보다 행복을 더 원하면서도
자꾸 불행만 얘기하고 있으니 말이에요.

불확실한
것들

애매하다, 분명치 않다, 확실하진 않다, 라는 말은 디지털 시대를 사는 현대인들이 괴로워하는 말이지요. 뭐든 금방 알 수 있고 바로 계산할 수 있는 세상인데도요.

사랑에 관한 태도도 비슷한 것 같아요. 나를 좋아하는지 아닌지, 누가 더 좋아하는 건지, 우리 사이가 사귀는 건지 아닌지, 자꾸만 고민하게 되잖아요.

그런데 사는 게 그런 것 같아요. 확실함보다는 불확실함 속을 헤엄치는 게 인생이고, 알 듯 모를 듯한 표정이 그이의 얼굴이고, 그 사람을 향한 내 마음이기도 합니다.

하지만 불확실함이 주는 기대감이라는 것도 있지 않나요. 아직은 잘 모르지만, 바라던 것이 이뤄질 수도 있고 기다리던 것이 도착할 수도 있잖아요.

불확실한 시간이 아주 싫은 것만은 아닙니다.

고민 퇴출법

봄이 되면 옷을 얇게 입잖아요. 재작년에도, 작년에도 입었던 옷을 입는데 순간 그 옷의 무게가 확 느껴지는 거예요. 그래서 벗고 더 얇고 가벼운 옷으로 갈아입었습니다. 옷 무게를 더는 건 벗으면 그만이에요. 그러나 마음의 무게를 더는 법은 다릅니다. 무거운 옷은 훌렁 벗어던져버릴 수 있는데 근심 걱정이 겹겹이 쌓여 무거워진 마음을 벗는다는 건 참 어렵고 피곤한 일이에요.

그래도 방법은 있습니다.
고민을 무시하는 거예요. 일명 '무시 작전'이죠. 없앨 수 없는 고민은 사라지길 바라지 말고 그냥 내버려두고 아는 척을 하지 마세요. 아예 상대를 하지 마세요. 그럼 고민이 에이 서럽다, 하고 저 멀리 가버리지 않겠어요?

벗어나기

가끔은 무거운 짐을 내려놓읍시다.

일상의 무게, 욕망의 덫, 근심의 추를 잘라버리고 닻줄처럼 나를 묶고 있는 것들로부터 벗어나 가슴속에 계절의 무게만 담읍시다.

민들레 홀씨처럼 가볍게, 구름처럼 가볍게, 잠자리처럼 가볍게, 낙엽처럼 가볍게, 눈송이처럼 가볍게.

원래 삶이란 이렇게 가벼운 것일 텐데 말입니다.

생야일편부운기 사야일편부운멸 生也一片浮雲起 死也一片浮雲滅.

사는 건 구름 한 조각 생기는 것이고 죽는 건 구름 한 조각 사라지는 것이라는 말이 있지요.

인생을 흘러가는 구름이라 치고 저속촬영이라도 하는 것처럼 하나하나 보면 참 별것 아닐 겁니다.

아기 하나가 별똥별 떨어지듯이 뚝 떨어져 생기더니 방긋방긋 웃고, 기다가 걷고, 말썽 부리면서 학교를 다니고, 제법 머리 컸다고 고개 뻣뻣이 세우면서 잘난 척하더니 세상이 제 뜻대로 안 된다는 걸 알고 풀이 죽어서는 어느덧 주름이 늘어 구석에 조용히 웅크리고 있다가 정말 구름 한 조각 사라지듯 사라지는 거 아니겠습니까.

살아 있을 때는 언제나 생의 한가운데에 있어서 너무나
크고 너무나 중대한 것 같지만, 실제로 인생이라는 게 그
저 뜬구름에 지나지 않습니다. 아등바등할 일도 안달복달
할 일도 아닌 거지요.

없으면 없는 대로

63빌딩 근처에서 까치집을 보고는 혼자 배꼽이 빠져라 웃었습니다. 까치 부부가 아주 날라리인 거예요. 집을 얼마나 엉터리로 지었는지 사이사이를 햇살이 메울 정도이고 알이 굴러 떨어질 지경이더라고요. 그래도 까치 부부는 신혼집이 마음에 들었는지 나란히 앉아서는 고개를 들고 햇볕 구경을 하고 있었습니다. 천하태평이 따로 없었지요.

사람 사는 것도 크게 다르지 않습니다. 좀 부족하면 어때요. 까치 부부처럼 없으면 없는 대로 자족할 수 있는 것을 만끽하며 살면 됐지요. 형제간에 우애 있고 웃을 일 많으면 그 얼마나 복이겠습니까.

나에게 부족한 게 무엇인지 생각해봤습니다.
당장 모자란 게 뭘까? 시간이 없나? 여유로운 마음이 부족한가? 사랑, 인내, 지혜…?
그럴듯해 보이는 걸 찾으려다 그만두었습니다. 찾아서까지 부족한 것을 알아서 뭐하나 싶은 거예요.
결핍의 발견은 잎이 다 떨어진 앙상한 겨울나무에 잎사귀를 억지로 붙이는 것이나 다름없습니다.

제가 저에게 물었습니다. "당신은 욕심이 많습니까?"라고
말입니다.

솔직히 첫 번째 대답은 "별로 없는 것 같다."이었습니다.
그 말을 곰곰이 씹어보니 더 성공하고 싶은데도 그만큼 노
력하지 않았다는 걸 감추려는 변명이더군요.

금세 말을 바꿔 "욕심이 있다."라고 대답하고 나니 타이
르는 듯이 햇살이 얘기합니다.

"당신이 생각하는 것은 욕심 낼 일이 아닙니다."

지금의 나에게, 내 삶에
자족하지 못하는 자체가
욕심이었습니다.

맨발처럼

양말을 안 신은 맨발이 참 좋아요. 겨우 한 꺼풀만 벗었는
데도 어쩜 그렇게 자유로울까요. 현대인을 '못 벗는 사람'
이라고 하잖아요. 양말 하나마저도 구속입니다. 거죽에
씌우는 거 하나 벗어도 이렇게 시원하고 홀가분한데, 마
음에 씌워진 꺼풀 하나 벗기면 얼마나 좋겠습니까.

소가죽 같이 질긴 편견, 원래 모습을 모를 정도로 진한 화
장 같은 오해. 아! 그것만 벗을 수 있다면 마음도 바람결
처럼 가벼워질 텐데 말이에요.

선뜻선뜻
잊읍시다

사람이 가진 여러 재주 중에서도 잊는 능력이야말로 축복
받은 것이 아닌가 싶습니다. 특히 추울 때가 가장 그렇지
요. 아직도 지난여름을 기억하고 그 쓸쓸했던 지난가을을
떠올린다면 추운 겨울이 더 춥지 않을까요? 지금 당장은
코앞의 추위에 온 마음을 빼앗기니 어찌 축복이라 하지
않을 수 있겠습니까.

망각이 두려웠다가도 슬픈 일, 서러운 일 모두 없던 일로
해버릴 수 있으니 잘된 것일 테지요. 선뜻선뜻 잊기로 합
시다.

여유와 자유

대안이 있는 인생,
돌아갈 길이 있는 인생,
그게 바로 여유가 아닐까요.
집착으로부터 벗어난 자유가 아닐까요.

이것 아니면 안 된다는
강박으로부터 벗어납시다.

그저 잠시
기다리는 일

신호등이 잘 떨어지면 갈 길을 막아서는 것 없이 확 트이는 것 같아 기분이 좋지요. 하지만 한 세 번쯤 초록불이면 나머진 빨간불입니다. 아주 잘 떨어져봐야 반반이에요.

오늘도 인생길 신호등은 켜질 겁니다. 하루 운세에 나오는 것처럼 동남쪽엔 귀인이 있지만 서북쪽에 손재수가 기다릴지도 모릅니다. 마주치는 신호등마다 모두 초록불이길 바라는 게 무리이듯, 그저 점멸하는 신호들이 내 인생의 지시등이라고 생각합시다.
그렇게 보면 오늘 이 빨간불은 그저 잠시 기다리게 하는 신호뿐이라는 데 위로받게 될 겁니다.

그럼에도
불구하고

한 해가 저물 때쯤 한 친구와 올해를 어떻게 지냈는지, 내년에는 뭘 해야겠다는 둥 이런저런 이야기를 나눴습니다. 그런데 그 친구가 대뜸 "별것 아닌 선택이라도 그 순간에 최선이 아닌 선택이 있었어?"라고 묻지 않겠습니까.

영원한 갈등인 짜장면을 시킬까? 짬뽕을 시킬까? 이런 것부터 비롯해서 걸을까? 탈까? 그냥 갈까? 기다릴까? 아니면 젓가락을 들고 시금치로 향하다 멸치를 집었다거나 하는 순간의 아주 사소한 결정이라도 최선이 아닌 적이 있었느냐는 겁니다.

그래요. 저는 최선을 다했더라고요. 원대한 계획을 세운 건 아니고 또 작게라도 세웠던 계획을 다 이루진 못했지만 매순간 나름 고민도 치열하게 하고 선택도 쉽게 하진 않았습니다.

내가 한 선택이 잘못이었다고
스스로 상처를 주는 일은 하지 마세요.
대부분의 선택은
아무리 작고 쉽게 잊히는 것들이라도
그 순간만큼 정말 고민하고
최선을 다했잖아요.
그 나머지는 그냥 불가피했습니다.

그렇게 생각하니 매일이
꽉 차 있지 않나요.

불꽃놀이

긴 여행이 끝나고 나의 일터로, 나의 생활로 돌아갈 때 참 아섭고 시무룩해집니다. 하지만 나의 자리로 돌아오는 일 은 축제의 끝, 환희의 종말이 아니라 새로운 축제, 새로운 환희와의 약속이며 시작입니다.

짜릿함과 기쁨은 특별하고 신기한 것들로 채워진 삶에서 찰나에 그칠 뿐이지만 평범하고 고만고만한 것들로 채워 진 삶에서는 강한 파문을 남기기 마련입니다.

밝고 환한 낮에 하는 불꽃놀이가 의미가 없듯이, 검은색 캔 버스 같은 일상이어야 삶의 불꽃놀이를 감상할 수 있는 것 이지요.

일상의 소중함을 애기하는 것은 공기나 물의 소중함을 애 기하는 것과 같습니다. 그렇게 작은 일상은 크고 새로운 감 동으로 다가오는 법입니다.

마음 채우기

여럿이 쓰는 화장실에서 세수를 하고 나서 사방에 튄 물을 정성껏 닦는 사람을 보았습니다. 다음에 쓰는 사람을 위해 배려하는 모습이 참 예뻐 보이더군요. 꽃으로 화장실을 가득 채우는 것만큼이나 참 고와 보였어요.

어느 스승님이 방을 가득 채울 만한 걸 가져오라고 하시니 달랑 초 한 자루를 가져온 학생이 있었다지요.
촛불로 방을 가득 채울 수 있는 것처럼, 마음을 채우는 것도 작은 정성 하나면 충분합니다.

초록은 동색

교차로에 신호등이 초록색으로 바뀌자 어린 학생, 샐러리
맨, 아줌마, 아저씨 모두 서둘러 건너갑니다.
숙제를 안 한 학생은 조금 느리게, 미처 끝내지 못한 일거
리를 가방에 넣고 가는 샐러리맨의 걸음은 무겁게, 아이
가 아픈 아줌마는 허둥허둥, 대출 갚는 날이 가까워진 아
저씨는 고개를 숙이고 건너갑니다.

교차로의 아침은 그렇게 많은 삶으로 넘쳐납니다. 대낮의
교차로는 손님 없는 가게같이 신호등만 들어왔다 나갔다
합니다. 구경꾼 없는 곡마단같이 썰렁하지요.
우리는 모두 아침 교차로에 서 있습니다. 모두의 삶과 고
단함이 모였다가 교차하고 지나쳤다 다시 모이곤 합니다.

나만 억울할 것도,
나만 짐스러울 것도 없습니다.
우리는 모두 똑같이 서 있습니다.
초록빛 인생을 기다리면서 말이지요.

심심할 틈이
없다고요?

누워 있는 아기가 굉장히 심심할 것 같지요. 아기를 돌봐
본 적 있는 분들은 아시겠지만 걔네들은 하나도 안 심심
해요. 그뿐 아니라 걔네들 쳐다보고 있으면 아무 일 안 해
도 전혀 심심하지 않아요.

하루 뭐 하고, 뭐 하고 계획이 꽉 차 있어야지만 세상 사
는 것같이 여기는 게 현대인의 생각입니다.

하지만 자신을 바라볼 수 있는 시간은 일없이 그저 심심
한 시간입니다. 마음 '심'자 두 개가 겹쳐 있다 생각해도 좋
습니다.

심심해져보세요.
심심하지 않아요.

즐거운 착각

나비가 한 마리 길을 따라 날아가더라고요. 예전보다 나비의 수가 줄었잖아요. 게다가 그렇게 조그만 나비는 보기 더 힘들거든요. 팔랑팔랑 날아다니는 게 얼마나 예쁘던지.

오! 귀여운 것, 하며 눈길을 떼지 못하고 있는데 그놈이 아스팔트에 딱 앉는 거예요. 이놈 좀 보고 가자, 하며 멀찍이 자전거를 세우고 가까이 가서 봤어요.

아, 이게 뭐야. 왜 새 담배 사면 겉에 있는 은박지를 조금 떼어 내잖아요. 그 조각인 거 있죠. 아이고, 그냥 나비 봤다 하고 말 걸, 하고 후회했습니다.

인생이란 게 자신의 오류를 확인해가는 과정입니다. 그 확인 후에는 후회뿐이고요. 그냥 착각 속에 사는 것도 행복이겠구나 싶습니다.

멀리 까만 점 하나가 보였습니다. 가까이 다가가니 두꺼
비 같았습니다.

조금 더 다가가니 혹시 까만 새끼 강아지인가 싶더군요.
저게 죽었나 살았나, 하며 더 가까이 가보니 결국 검은 비
닐 봉지였습니다.

까만 점에서 검은 비닐봉지가 될 때까지 그 점 하나가 제
마음속에서는 여러 가지 형상을 자아냈습니다.

점 하나도 그런데
삼라만상이 있는 이 세상에서
마음은 더 얼마나 많은 지어낸 형상을
가지고 있겠습니까.

이 또한
지나가리라

한강 위로 지나가는 유람선 꽁무니에 일렁이는 물결을 바라보고 있자니, 우리의 기억과 닮았습니다. 배가 남기고 간 자국이 강물 위에 아주 선명하게 새겨지다 이내 곧 흐릿하게 지워져버리니 말입니다.

배꼬리 뒤에는 포말이 일고 그 격탕에 물이 흩날리듯 튀는데 조금만 지나면 흔적만 남고, 그 흔적마저도 바로 지워지지요.

우리의 격한 마음도 그렇게 지워지기 마련입니다. 순간 치미는 감정이 포말처럼 부르르 일어나고 뒤섞여 격탕이겠지만, 곧 마구 튀어 오르던 것들이 자국을 남기는 듯하다가 금세 기억 저편으로 사라져버립니다.

주체할 수 없는 감정이 일어난다면
마음의 수면을 휘저어
그 자국들을 지워보세요.
별일 아니지 않나요.

두리번두리번

자전거는 후진이 되지 않아 길도 마치 철길처럼 정해져 있어요. 그래서 왔던 길을 그대로 돌아갑니다. 오는 길은 늘 오는 길 풍경이고, 가는 길은 늘 가는 길 풍경입니다. 가는 길에 올 때는 어떻게 보였는지 상상하는 것은 부질없는 짓이지요. 앞을 보면서 뒤를 볼 수 없고 심지어 옆을 보면서 앞을 보는 것조차 불가능합니다.

그런데 우리의 마음은 늘 두리번거립니다. 오늘보다 내일 걱정을 앞세우고, 과거에 연연하면서 말이지요.

그 두리번거리는
마음의 시선을 잘 붙잡아주세요.
지금 내 앞의
마음 풍경을 놓치지 마세요.
그게 바로 지금 나의 삶이니까요.

마음 가는 대로

펜 잡을 일도 별로 없었는데 웬 잉크 자국이 손에 군데군데 나 있는 날이 있습니다. 중요한 자리에 가야 하는데 유난히 매무새가 잘 안 만져지는 날이 있습니다. 깔끔 떠는 날은 옷 더러워질 일이 더 많은 법이잖아요.

인생이 그런 것 같아요. 더 조심하다가, 더 머리 쓰려고 하다가 그르칠 때가 훨씬 많습니다. 흐르는 대로, 그야말로 순리대로 사는 게 편해요.

일이 좀 꼬이면 그냥 오늘은 그런 날인가 보다 하는 것도 지혜입니다. 자전거 타기 같은 거죠. 자전거는 쓰러지는 방향으로 가줘야지 복원력이 생기거든요.

오늘은 인생이 나를
이쪽으로 가라고 하나 보다 하고
힘을 빼고 가다 보면,
또 금세 오뚝이처럼 똑바로 서게 됩니다.

저 거친 기쁨

어디에선가 서툰 피아노 소리가 둥당둥당 울렸습니다. 한 무리의 사람들이 빠져나간 골목에서 소리가 울리는 걸로 봐서, 아마 아이 엄마가 아이 곁에 있지는 않은 것 같았어요. 엄마가 옆에 있다면 아이가 저렇게 제 마음대로 아무 소리나 둥당둥당 치지는 않을 테니까요. 엄마들은 악보대로 치라고 하잖아요.

그런데 저는 그 울퉁불퉁한 소리가 어찌나 좋던지요. 저 아이가 예쁜 소리가 무엇인지, 아름다운 멜로디가 무엇인지 알게 될 때쯤이면 지금 저 거친 기쁨을 잃지 않을까, 하는 아쉬움을 갖고 골목을 걸어 나왔습니다.

우산 하나
걸어갑니다

"애야, 우산 쓰고 가라."
아이 엄마가 그러셨던 모양이죠. 초등학교 남자 아이가 비도 안 오는데 우산을 쓰고 가요. 주택가를 지나 빵집을 지나 양품점, 찐빵 찌는 선화분식집까지 계속 우산을 쓰고 가는 거예요. 누가 쳐다보든 말든, 아스팔트가 뽀송뽀송하든 말든, 빗소리가 들리든, 차의 경적소리가 들리든 무작정 들고 가는 거예요.

어쩜 그 녀석, 엄마 때문에 화났을지도 몰라요. 비 맞으며 질퍽거리는 길 물장구치며 가고 싶었는데 우산 들고 가라는 바람에. 어쨌든 우리 동네에서 오늘 아침에 우산 쓰고 가는 사람은 그 녀석뿐이었어요. 얼마나 귀여운지….

우산 접을 때가 언젠지 알게 되면 그 녀석도 다 큰 거겠죠.

순수한 것들은
단순하다

앞마당에 종이비행기가 떨어져 있더군요. 종이비행기 접을 줄 아세요? 아마 노트를 찢어서 만들었나 봐요. 줄무늬가 있는 백지를 접어서 날렸던데, 혹시나 무슨 사연이 있을까 싶어 펴봤더니 아무것도 없어요. 사연도 없이 그저 접은 종이비행기. 우리가 딱지를 접을 때 '제발' 하고 바라는 건 딱지치기할 때 내 딱지가 땅바닥에 딱 붙어 있는 것뿐이잖아요. 마찬가지로 종이비행기를 접으며 바라는 건 '제발' 멀리 멀리 우아하게 날아갔으면 하는 것뿐입니다.

세상에 대한 '바람'이 그렇게 단순했던 시절이 있었잖아요. 오늘은 제발 모든 일이 심플했으면 좋겠어요.

통역되지 않은
인생

갑자기, 내 나이가 몇인가? 정말 꽃이 좋은데, 봄이 좋아지면 나이 든 거라는데, 이런 쓸데없는 생각이 드는 거예요. 그리고 이어서 드는 생각이 겨우 오늘은 기온이 몇 도인가, 스케줄은 뭐가 있나, 차에 기름은 많은가, 이렇게 책을 안 읽어도 되나, 어머님 집 화장실 수리는 끝났나, 별오만가지 생각이 끝말잇기처럼 이어져요. 내 생명과는, 삶의 본질과는 아무런 상관없는 것 같은 이 느낌들과 물음들 말입니다.

사실 아예 관계없진 않을 겁니다. 생활의 부분들이잖아요. 그런 느낌이나 질문이 외국어 같은 다른 표현일지도 모르겠습니다. 삶이 통역된 문장들이 아닐까요.

하지만 그래도 가끔은요.
정말 통역되지 않은 오늘,
인생 그 자체를 살아보고도 싶습니다.

주인님 커튼을 쳐드리겠습니다.
불볕 태양과 파도, 매미 소리와 짧은 바지, 신기루가 생길 것 같은 아스팔트의 열기는 장롱 제일 아랫단에 여름 풍경 사진과 함께 넣어놓겠습니다.
처서 지나 비의 장막이 걷히면 그때는 일어나 꼭 하늘을 보세요. 작년 가을에 넣어두었던 그 하늘을 걸어놓겠습니다.

꽃들이 세상의 아름다움을
폭로하기 전에

너무 늦지 않게

아직 잔디가 푸른색을 띠기 전에
진달래, 철쭉, 개나리가 다 같이
세상이 얼마나 아름다운지
다 폭로해버리기 전에
누군가에게 편지를 하고 싶어요.

그때 나는 이런 마음을 숨겼다,
그때 차마 말 못 할 그런 사정이 있었다,
아니면 나는 아직도 당신 앞에
나를 보여주고 있는 게 아니다라든지

하여튼 모든 아름다움이
밝혀지기 전에 솔직하고 싶습니다.

잎이 다 돋아버리면
그땐 너무 늦을 것 같아요.
그 푸릇함이 너무 찬란해서
창피해질 것 같습니다.

내일은 봄

봄 햇살이 할아버지 웃음 같다.
쩌렁쩌렁하던 바람의 목소리가
병아리 솜털처럼 유순하게 변하고
억센 빛의 손이 강아지풀처럼 부드러워졌다.

저 봄의 햇살이 웃음으로 보이는 건
지난겨울이 몹시 추웠기 때문일 테다.
시간은 늘 희망 쪽으로 흐르기 마련….

봄은 꼭 시린 겨울 뒤에 온다.
인생의 봄은 꼭 고난 뒤에 온다.
내일은 봄이 온다.

저 햇살이
내게 말하기를

날씨가 화창하면 좋네, 하다가도 갑자기 벌거벗은 모습으로 햇살 아래 서는 것 같아 숨고 싶은 마음도 생깁니다. 내 마음 고운 봄 길 위에서 하늘을 우러르고 싶다는 김영랑의 시의 구절처럼 되지 않는 게 솔직한 마음입니다.

세상만물이 생명을 노래하고 풀들, 나무들마저도 물 길어 올리듯 활기차 보이는데 도대체 나라는 사람은 언제까지나 물먹은 도배지처럼 무기력하기만 한가, 하고 자책하게 됩니다.

그렇다고 마냥 그러고만 있을 일은 아니지요. 햇발이 까만 돌담에 속삭이듯 비추는 것처럼 내 컴컴한 속도 비출 수 있도록 마음을 열어볼 일입니다. 그러면 화창한 하늘 아래 서서 용기 있게 우러를 수 있겠지요.

정말 닮고 싶은
표정 하나

하늘의 표정이 그날의 표정인 것 같지요. 화창한 날은 기분도 좋아지고 흐린 날은 마음이 가라앉잖아요. 변덕스럽게 변하는 우리 마음처럼 하늘도 그렇게 매일 변하지만 땅의 표정은 사뭇 다릅니다.

땅은 늘 싹을 틔울 준비를 하지요. 인내하고 기다리는 모습입니다. 변하지 않아요.
갑자기 어두워지고 갑자기 맑아지고 갑자기 비가 내리고 갑자기 개는 변덕스러운 하늘의 표정보다 땅의 표정을 닮고 싶습니다.

묵묵한 그 모습을 닮고 싶습니다.

작은 언덕 너머의
우주

동네 뒷산에 산책을 하다 긴 개미행렬을 보았습니다. 그
걸 본 꼬마가 엄마한테 소리를 치더군요.
"엄마 개미 줄이 산까지 이어져 있어."

개미가 산까지 이어졌거나 말거나 청설모는 낙엽 밑을 뒤
지고 있었고, 까치는 나뭇가지 사이에서 꼬리를 까딱거리
고 있었습니다. 벌, 나비는 꿀을 빨고 있었고 거기에 할아
버지 한 분이 숨차게 산을 오르고 있었습니다.

그 작은 동산에서도 세상만물이 다 각자 생을 노래하고
있었습니다. 문득 밤하늘의 별을 보다 오케스트라의 음률
을 들었다는 피타고라스가 떠올랐습니다.

차분하듯
분주하게

추위가 조금씩 밀려가면 밤도 조금씩 밀려가는지 어둠이
꽤 짧아져서 새벽 출근길이 환해집니다. 그걸 보면 우리
사람 사는 것만 바쁜 게 아니라 하늘도 땅도 정말 부지런
합니다.

때 맞춰서 온도 적당한 바람도 불게 해야 하고, 잠들었던
동물들도 슬슬 깨워야 하고, 나무나 풀들 싹 틔울 준비도
해야 하고, 사람들 놀라지 않게 봄을 문 앞에 가져다놓으
려고 소리 소문 없이 해를 조금씩 당겨와야 하고요. 생각
하면 정말 쉴 틈이 없을 것 같아요.

그렇게 분주할 텐데도 세상의 봄을 준비하는 하늘이 구름
한 점 없이 차분한 걸 보면, 우리는 바쁘다고 너무 유난
떠는 거 같습니다.

하늘이 수심 가득한 표정입니다. 아닌 게 아니라, 입춘도 지났으니 이제 봄단장을 해야 할 텐데 말입니다.

씨앗들이 말라비틀어진 건 아닌지, 이제 개구리들도 깨우고 개나리에 노란 물 들여놓고, 초록은 어디에서 가져다 들판에 뿌릴 거며, 엄동설한에 내장산과 설악산의 눈꽃들은 어떻게 잘 견뎠는지, 이제 잔설도 치우고 잠 깨우려면 비도 좀 뿌려야 될 텐데…, 할 일이 그렇게 많으니 근심이 아닐 수 없습니다.

하긴 생명이 있으니 걱정이 있는 겁니다.

그래서 전 이런 근심 어린 날씨를 좋아합니다.

절 사랑하는 이가 있다는 걸 느끼니까요.

마술사가
나타났다

작은 씨앗 하나에 커다란 나무가 숨어 있고
깨알 같은 꽃눈에 꽃이 숨어 있다고 생각하니

봄 들판이 요술 상자이고
봄바람이 마술사 같아요.

주먹을 쥐었다 펴면
하얀 목련이 손끝에서 피고

마술사가 양팔을 벌리고 도랑을 지나가면
노란 개나리가 좍 펼쳐서 나타납니다.

늘 오는 봄이
뭐 특별히 다를 게 있겠느냐고만 하지 마세요.

동네에 곡마단 나타나는 북소리, 나팔소리만 들어도
신이 나서 어쩔 줄 몰라 하던 때가 있었잖아요.

글쎄 지금 동네에
곡마단과 마술사가
나타났다니까요.

요구르트 꽃병

언제부터인지는 모르지만 방송국 화장실 차가운 대리석
벽 앞에 서 있는 낡은 플라스틱 정수기 위에 꽃이 피기 시
작했습니다. 요만한 작은 통이 아기자기하게 꾸며져서는
꽃을 품고 있더라고요. 누가 먹고 버린 요구르트 용기에
뿌리 없이 가지만 잘린 채 띄워진 꽃이긴 했지만, 그것만
으로도 충분이 예뻤습니다.
참 예쁘다, 어머 이런 통은 어디에서 난 걸까, 하고 사람
들이 웃으며 바라봤습니다. 복도 청소하시는 아주머니의
뜻밖의 선물에 모두의 가슴에 꽃이 피었습니다. 사람들이
그렇게 말하더군요. '소녀청소아줌마'라고요.

소녀아주머니 덕분에
마음에 오래도록 봄이 심겼습니다.

차가운
도시 귀퉁이에서 문득

도시 건물 사이로 손바닥만 한 봄 햇살이 아이들의 거울 장난처럼 잠깐 반짝 비췄습니다. 그 햇살이 닿은 자리엔 잘 가꾼 화단이 있었는데요. 구불구불한 적송 세 그루가, 키만 비쩍 큰 리기다소나무 한 그루가, 그 옆에 매화가 그 아래쪽엔 연산홍과 주목이 가지런히 자라고 있었습니다. 그 모습을 바라보면서 저 나무들과 꽃의 고향은 어딜까, 하고 생각하니 갑자기 측은하더라고요.
알루미늄으로 외랑을 만든 현대식 건물 모퉁이에 세 들어서 생명을 부지하는 게 초라해 보이면서도 대견해 보였습니다. 거기가 어디 그 푸르고 예쁜 것들이 있을 만한 자리겠어요?

반성했습니다. 나는 내 자리 탓만 하고 있는 것 아닌가, 시절만 탓하고 있는 건 아닌가, 이 차가운 도시 귀퉁이에 군말 없이 버티는 저 녀석들도 있는데, 하고 말이에요.
매화는 그 구석에서도 꽃을 틔우고 있었습니다.

푸르른 하늘에
풍덩

한낮에 벤치에 앉아 있었어요. 날씨가 좋았어요. 공기 온
도가, 엄마가 몇 번이나 손을 넣어 물 온도를 맞춘 것처럼
알몸으로 풍덩 뛰어들어도 좋을 것 같았어요.

이름 모를 작은 풀꽃이 앙증맞게 피어 있는데 참새 한 마
리가 포로롱 날아와 앉았다가 나 잡아봐라, 하고 날아가
요. 턱을 괴고 있다 눈을 들어 멀리 보니 관악산이 기지개
를 켜는데 잠시 보고 있는 사이에도 몇 뼘이나 그 키가 크
는 것 같았어요. 주황색이 칠해져 있는 벤치의 나무에 뺨
을 대봤습니다. 나무의 온기가 전해져 오더군요.

그때 저는 느꼈습니다. 살아 있다고.

사는 일이라는 게
봄날 한낮 벤치에 앉아 있는 거라고요.

지고 또 피고

봄이 되면 예쁘다고 할 줄만 알았지 꽃이 지는 것까지 헤아려 보는 혜안까지는 모자랐던 것 같아요. 즐거운 일이 있어도 크게 웃지 않았던 선인들의 지혜가 새삼스럽습니다. 그래도 지면 또 피는 법. 고난이 영원하지는 않으리라 믿습니다.
인류는 빙하기 때 태어났다면서요. 그렇게 모진 생명을 붙들고, 그 억겁의 시간을 지나 이렇게 지금에 당도했습니다.

그러니 지금 우리가 겪고 있는
시린 고난도 결국,
우릴 풍요롭게 하리라 믿습니다.

피어나는 것들은
아름답다

벚꽃을 가까이에서 봤어요. 놀랐습니다. 바람이 살랑 불
면 그 꽃잎이 떨고 있었어요.
그게 마치 꼬마가 입을 앙 다문 것 같기도 하고 팔에 힘을
잔뜩 줘서 벌벌 떨고 있는 것 같기도 했습니다.
어쨌든 얘는 온 힘을 다해 꽃을 틔웠구나, 그걸 지키려고
또 온 힘을 다하는 구나, 하는 생각이 들었습니다.

한철 피고 스러지는 꽃잎도 그런데
우리 온 힘을 다해, 정성을 다해
살아야 하지 않을까요.

기별도 없이
비가 내리면

한 여름에 소나기를 만나면 어김없이 황순원의 소설 〈소
나기〉가 떠오릅니다. 소나기를 피해 볏가리에 숨어든 순
진한 시골 소년과 윤 초시의 손녀, 흙탕물 묻은 등을 내밀
며 소녀의 옷이 젖을까봐 쑥스러워하는 그 장면들의 아름
다움을 만나는 기분이 들어서요. 이 도시에 단편소설이
내리는 것 같습니다.

소나기는 참 멋있어요. 기습적으로 쏟아져버리는 장난스
러운 매력이 있지만, 또 한편으로는 틀림없이 그칠 것이
라는 희망이 있어 그 비를 충분히 즐기게 합니다.
소나기는 희망 예고편이에요.

당신은
누구신가요

어떤 사람이 지나가는데 어쩜 저렇게 중후한 멋이 풍길
수 있을까, 하고 탄성이 절로 나왔습니다.
머리는 단정하게 빗었고 옷 색깔은 튀지 않으면서도 화사
하고 피부는 얼마나 맑고 투명한지, 그의 삶 자체가 그렇
게 후회 한 점 없었을 것 같아 보이는 거예요. 그냥 서 있
기만 해도 기품이 있고 걷는 모습은 물 위를 걷는 것 같이
가벼웠습니다. 그리고 그 사람이 말을 하면 나지막이 깊
고 풍부한 목소리가 깔리면서 온갖 풀들이 곧게 일어설
것만 같았어요.

그 신사가 지금 앞에 와 있습니다.
우리의 아침, 바로 그 신사입니다.

염천의 고드름

한여름 날씨는 '삶기모드'라고 해도 과언이 아니지요. 푹
푹 찐다고 하잖아요. 하지만 그런 무더위 속에서도 일상은
상쾌할 수 있습니다.

한강 공원에 인라인스케이터들이 유니폼을 갖춰 입고 물
통을 하나씩 들고는 미끄러지 듯이 줄지어 지나가는데 싱
그럽더군요. 땡볕에 자전거 타고 가는 사람보다 차 안에
서 에어컨 틀어놓고 운전하는 사람이 더 더워 보입니다.

선풍기나 에어컨보다는 자유로움과 활기가 더 사람을 시
원하게 해줍니다. 그런 해방감은 오히려 여름을 주눅 들
게 만들어버리지요.

그런 것처럼 마음의 날씨로 현실의 날씨를 벗어나면 좋겠
습니다. 덥다 춥다, 하면서 일희일비하지 않고요. 마음의
날씨 센서를 쾌적에 맞춰놓는다면 무더위도 벗어날 수 있
지 않을까요.

마음에 얼음 빙氷,
하나 써붙여보자구요.

가을이 오면

비가 오다 말다 하는 게 파도가 들어왔다 나갔다 하는 것
같네요. 그렇게 똑같이 들어왔다 나갔다 하면서도 밀물
때면 물이 차오르고 썰물 때는 물이 빠져나갑니다. 조금
씩 멀어지는 여름이 눈에 보이는 듯합니다. 삶이 들숨과
날숨 사이에 있다고 할 만큼 찰나의 연속인데, 잠시 그쳐
있는 비 사이로 그 순간이 보이는 듯합니다.

주인님 커튼을 쳐드리겠습니다.
불볕 태양과 파도, 매미 소리와 짧은 바지,
신기루가 생길 것 같은 아스팔트의 열기는
장롱 제일 아랫단에 여름 풍경 사진과 함께
넣어놓겠습니다.
처서 지나 비의 장막이 걷히면
그때는 일어나 꼭 하늘을 보세요.
작년 가을에 넣어두었던 그 하늘을
걸어놓겠습니다.

가을 들판을 보며 할머니 미소 같다는 생각을 했어요. 그 미소는 내가 딱지 잃고 상심했을 때, 국어시험 76점 맞아서 혼날까봐 두려움에 떨고 있을 때, 옆집의 버찌 따먹으러 애들 데리고 우리 집 지붕에 올라갔다 기왓장 몽땅 깨서 가출하고 싶었을 때 저를 살려줬던 미소입니다.

대지는 그렇게 인자하게 웃고 계셨습니다. 가을걷이 하는 농부가 아기 같아 보였습니다. 우리는 귀하고 귀한 대지의 아들과 딸인 겁니다.

활짝 웃고 있는 들꽃을 보며 생각했습니다. 이름 없는 꽃, 내가 어디서 왔는지 묻지 않고, 어디로 갈지 궁금해하지도 않으면서 저렇게 온전한 미소를 띠는 힘은 무얼까? 문득, 내게로 내가 들어와 화들짝 깨웁니다. "묻지 마라. 내가 한 일은 저렇게 찬란하게 열린 하늘 아래 온몸으로 웃는 일뿐이다." 그렇게 혼잣소릴 합니다. 가을이면 마음이 좀 여유롭긴 한가 봐요. 늘 보던 똑같은 풍경도 조금 느긋하게 보게 됩니다.

가장 천진한
계절

🌿

빵집에서 빵을 고르던 엄마와 목도리를 코까지 올려서 두른 대여섯 살쯤 돼 보이는 아이가 얘길 해요. "이렇게 추운데 왜 따라오겠다고 그래."라고 엄마가 나무라니까 "그냥 따라오고 싶으니까."라고 꼬마가 웅얼거리더라고요.

엄마는 바게트를 집어 들고는 썰어달라고 계산대로 가는데 꼬마가 엄마 뒤통수에 대고 물어요.
"근데 엄마, 꽃샘추위가 뭐야?"
"꽃 피는 게 샘나서 겨울이 바람을 쌩쌩 부는 거야."
"꽃이 피는데 왜 샘나?"
"네가 누나 롤러블레이드 샘내는 거랑 똑같아."
꼬마는 알아들었다는 듯이 힘차게 끄덕였습니다.
"아, 그렇구나."

모든 것이 원래는 천진무구인가 봅니다.

한 무리의 새가 푸른 하늘 위로 날아가더군요. 뒤처져 가던 한 마리가 서둘러 무리 속으로 안깁니다. 조류학자나 어류학자들은 그렇게 무리 지어 헤엄치거나 날아가는 게 다른 포식동물로부터 보호하는 거라고 하지만, 제가 보기에는 외로운 게 싫어서 그러는 것 같아요.

그거나 그거나 아니에요? 잡아먹혀 죽든, 외로워 죽든 마찬가지 아닙니까. 한겨울 매서운 한파는 주위를 살풍경하게 만들지만 사람들을 모여들게 합니다.

그래서 저는 겨울을
가장 따뜻한 계절로 알고 있어요.

잘 볶은
멸치 같은 날

음식으로 치면 잘 볶은 멸치 같은 날이 있습니다. 오래 전
에 멸치를 한 번 볶아봤는데, 그 멸치들을 반짝반짝하게
익히기가 정말 힘들더라고요. 결국 제가 손댄 녀석들은 삶
은 멸치같이 푹 퍼져버렸습니다.
그 뒤로 멸치를 반짝이게 볶는 것만큼만 하루를 보내자고
생각했어요.

반짝반짝한 날을
만들기도 쉽지 않잖아요.
정성을 쏟아야 하죠.
멸치를 볶아내듯이요.

행복은
어디에 살고 있을까

행복이 사는 주소를 알려드리고 싶어서
한참 조사해서 드디어 알아냈습니다.

지금 여러분이 사시는 곳이
바로 행복이 사는 주소더라고요.

똑같은 날들을
다르게 사는 법

어렸을 때 머리맡에 꼭 사과를 놓고 잤다는 친구가 있습니다. 아침에 눈도 안 뜬 채 머리맡에 있는 사과를 깨물어 먹는 게 그렇게 좋았대요. 상상해보니 그럴 것 같아요. 아그작, 하고 경쾌하게 한 입 베어 물고 새콤달콤한 과즙으로 잠을 깨니 얼마나 기분이 좋겠어요. 그야말로 상큼한 아침이잖아요.

사실 아침에 눈을 뜨면 오늘의 할 일, 어제의 스트레스, 질투, 시기 같은 것들로 시작하게 될 때가 더 많습니다. 그 대신에 그 친구처럼 머리맡에 나를 기쁘게 하는 것들을 놓는 건 어떨까요. 햇살이 가득 들어오는 창문 쪽으로 머리를 두고 잔다든가, 행복하게 해주는 문자가 알람처럼 오게 한다든가, 맑은 생수 한 컵을 둔다든가, 사과를 두어도 좋겠네요. 찾으려고만 하면 얼마든지 많아요.

아침뿐 아니라, 모든 시작을 내가 제일 좋아하는 걸로 열면 어떨까요. 그럼 끝까지 기분 좋게 할 수 있을 거예요. 결과에만 급급해하지 않고 과정도 즐기겠지요. 그럼 결과도 자연스럽게 좋지 않겠습니까.

아침에 일어나서 보통 뭘 제일 먼저 생각하세요? 먼저라기보다 뭘 가장 중요하게 생각하세요?

학창 시절이라면 학교 가는 일이죠. 그러니 숙제나 과제물 챙기는 게 우선이죠. 직장 생활을 하게 되면 어제 다 못 끝낸 잔무가 없는 아침이란 게 없을 거예요. 집에서 살림하시는 것도 마찬가지죠.

매일매일 거의 비슷한 일을 하고 또 하는데 세상이 바뀐다는 게 신기할 정돕니다.

"열심히 일합시다." "열심히 공부합시다." 이런 뜻이 아니고요, 오늘만큼은 일을 일단 미뤄놓으세요. 그리고 먼저 할 일이 하나 있습니다. 오늘한테 "고맙다." 하고 인사를 하는 거예요. "오늘이 있어 난 행복하다." 하고 감사를 표시하는 겁니다. 이렇게 시작하는 하루가 과연 어제와 똑같을까요?

조심스럽게
그러나 장엄하게

참 오랜만에 여명을 봤습니다. 하루가 이렇게 장엄하게
열리는데 우리는 하루를 너무 일회용품 쓰듯 보냈구나,
하고 아차 싶었습니다.

저 멀리 보이는 산등성이와 산자락에서부터 우리가 사는
이런 후미진 아파트 구석까지, 엷은 볕이 땅에 다 깔리기
전까지는 하늘의 색은 쉽게 바래지 않더라고요.

하루는 우리에게 참 조심스럽게,
사려 깊게 다가오고 있습니다.

이유 없이
좋은 이유

기분 좋은 아침입니다. 뭔 일 있느냐구요? 아뇨. 그냥 기분 좋은 아침이에요. 사람들이 보통 그래요. 우울하거나 괜스레 짜증이 나는 것에는 이유가 없는 데도 이상하게 여기지 않으면서, 즐거운 것에는 특별한 이유가 없으면 그럴 수 없는 것처럼 생각하잖아요. 이유 없는 즐거움, 기쁨이야말로 생의 축복이고 찬미가 아닐까 싶어요.

삶이 고통이란 건, 그걸 너무 가까이에서 봐서일 거예요. 채플린의 말처럼 인생은 가까이에서 보면 비극이지만 한 발짝만 떨어져서 보면 희극 아닙니까.

오늘이 왜 즐거운지 묻지 맙시다.
답을 못 찾을지도 모르니까요.

세상 보기

왼손과 오른손의 엄지와 검지를 벌려 서로 엇갈려서 맞물
리게 네모를 만들고 눈앞에 대보신 적 있나요. 카메라 뷰
파인더처럼요. 그 손가락으로 만든 그 네모 속 풍경이 어
쩜 그렇게 달라 보이는지, 다른 세상 같아요.
그렇게 잘라서 부분 부분만 보면 무엇 하나 아름답지 않
고 소중해 보이지 않는 게 없습니다.

정신없고 숨이 가쁠 때마다 그렇게 손가락을 벌리고 뷰파
인더처럼 만들어서 세세하게 나눠 보세요. 그렇게 바라보
면 비록 종이컵이라도 그윽한 차가 담긴 한 폭의 정물화
가 되고, 비슷하게 생긴 차들만 다니는 창밖의 거리도 생
기 있는 한 폭의 풍경화가 됩니다.
그리고 내 안의 모습도 손가락 뷰파인더를 만들어서 조각
조각으로 들여다보세요. 어디 하나 잘난 구석이 없는 것 같
아도 이거 하나만큼은 남부럽지 않은 장점이 보일 겁니다.

손가락 뷰파인더로 보이는 세상은
생각보다 근사한 것들이 가득합니다.

오늘도
우아하게

아침에 집을 나서는데 고양이 한 마리가 앞을 가로지르더니 축대를 타고 넘어 산으로 올라가더라구요. 그 자태가 얼마나 맵시 있는지 걸어갔다기보다는 미끄러졌다는 표현이 오히려 나을 것 같았어요.

하여간 차를 가지고 왔더니 생각보다 방송국에 일찍 도착했어요. 주차장에 차를 대놓고 물끄러미 출근하는 사람들을 바라보고 있는데 사람들 걸음걸이가 어쩜 그렇게 우아해요. 고양이처럼 네 발도 아니고 두 발로. 아마 두 발로 걸으면서 사람처럼 머리를 움직이지 않는 동물은 없을 거예요. 새들은 얼마나 뒤뚱거려요.

사람들의 걸음걸이가 멋져 보이니, 아마도 오늘은 멋진 날이 될 겁니다. 날씨도 좋고요.

나중에 알게 될 것을
지금 알게 된다면

구름 사이사이 보이는 파스텔톤 하늘이 참 예뻐요. 어린 시절 24색이나 36색 크레파스를 선물로 받으면 세상에 못 칠할 색이 없을 것 같았는데. 막상 칠해보면 눈에 보이는 대로 색을 낸다는 게 얼마나 힘든 일인지 모릅니다. 마찬가지로 한글 떼고 나면 글을 읽을 수는 있지만 세상 이치를 아는 것은 또 사뭇 다른 일이지요.
어른이 되어야 비로소 내가 못 낼 색도 있고, 내가 이해 못하는 말도 있구나, 하고 알게 됩니다.

하늘빛이 저렇게 고운 데는, 아마 세상이 지금은 내가 모를 어떤 비밀스러운 말을 하려는 건지도 몰라요.

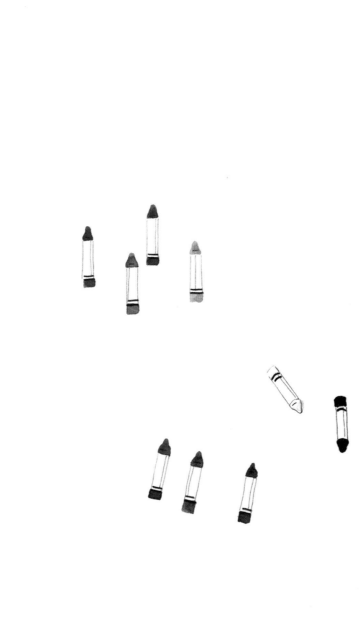

행복을 불러오는
사람과 사람 사이의 신호

유리알 같은 날입니다. 자전거 페달을 밟으면서 방송 오
프닝 멘트를 구상했어요.

인생은 즐겁고 오늘은 축복이다, 이런 얘기를 하자고 마음
먹었습니다. 그런데 뒤숭숭한 조간신문 기사들이 먼저 떠
오르더군요. 이건 아니다. 그래 그럼, 저 고가도로 음지에
서도 꽃을 피우는 풀 얘기를 하자. 그런데 그것도 초등학
교 교과서 낭독하는 것 같아 접었습니다.

멀리 원효대교가 보여요. 그래 저 강을 가로질러 대역사를
이룬 이야기를 할까, 하다가 그게 뭐 그렇게 행복한 일인
가 싶더라고요. 하긴 이 아침에 억지로 희망이니 행복이니
하는 것들을 들먹이는 게 오히려 커피 맛 떨어뜨리는 일일
지도 모르지요.

로베르토 베니니나 찰리 채플린이 조롱하고 끝낸 세상 이야기를 내가 새삼스럽게 꺼내서 말할 건 또 아니다 싶어에이 그냥 가자, 하고 자전거 구르는 일에만 전념을 하는데, 건너편에서 누군가 땡땡, 하며 자전거 벨로 인사를 하는 거예요. 저와 반대쪽으로 그 시간이면 꼭 지나는 사람의 반가운 인사였습니다.

역시 인생은 별것 아닌 일로 마음이 가볍고 즐거워집니다. 여러분께 그 자전거 벨소리를 배달합니다.

땡땡.

불현듯 행복

뭔가 낯선, 어딘가로 떠나온 듯한 느낌. 시야에 들어오는 사물의 위치가 좀 달라진 것 같은 풍경. 한마디로 잠 덜 깼을 때 그렇잖아요. 눈을 뜨고 나면 어제의 내가 아니었으면 좋겠다, 할 때가 있잖아요. 특히 외로운 일이 많을 때요. 초점이 맞춰지면서 내가 누군가를 똑바로 알게 되는 게 두려울 때도 있어요. 그런 아침과는 반대로, 마치 이 아침에 눈을 뜨기 위해 지금까지 몇십 년이고 살아온 듯 괜히 행복한 아침도 있어요.

그 어떤 아침이 되었든, 아침이란 것만으로도 아름다운 마음이 되었으면 하는 게 작은 바람입니다.

오늘 아침이 아름다운 몇 가지 이유를 들어보겠습니다.

아직은 김장이 많이 남아 있고, 쌀이 떨어지지 않았다. 전철이 정상운행하고 있기 때문에 동대문부터 불광동까지 추운데 걷지 않아도 된다. 할머니는 손주가 귀여워서 어쩔 줄 몰라 "아이고 내 새끼, 내 똥강아지."라고 부르며 즐거워하시고, 아버지는 조금 힘들어 하시지만 아직은 건강하시다. 그리고 오늘도 휴대전화가 울리며 여기저기서 나를 호출할 것이다. 그렇게 나는 잊히지 않았다. 고로 이 아침은 아름답다.

아주 사소한 것으로부터도 행복을 건져 올릴 수 있습니다.

주위를 둘러보면

집에서 쓰는 물건 중에 우리를 행복하게 해주는 게 참 많아요. 침대는 깊게 생각 안 해도 얼마나 보드랍고 포근해요. 달콤한 밤의 운동장입니다. 그리고 소파, 참 훌륭한 휴게실이지요. 냄비, 즐거운 라면 타임입니다. 또 냉장고, 언제나 시원한 물과 싱싱한 채소, 김치, 달걀 몇 알이 있어서 마음 든든하지요.

눈을 들어 그런 가재도구를 살피는 것만으로 행복을 발견하기에 충분한 순간입니다.

양치하려는 컵에 물과 함께 햇살이 하얗게 담겨 있어서 행복했다면 과장된 걸까요? 아침에 출근하는데 구두코에 햇살이 달랑달랑 매달려 있어서 즐거웠다면 크게 착각하는 걸까요? 햇살이 눈부신 날 탁자 위에 놓인 찻잔 위로 시름과 노여움과 고민이 사라졌다면 속된 말로 뻥일까요? 아닌 것 같아요.

행복이란 말이 아니고는 설명하기 힘든 작지만 반짝이는 것들이 있어요.

아주 맑은
물 한 잔

아침에 일어나면 습관적으로 물을 한 잔 마십니다. 맑은
물을 한 컵 따라놓고 갈증을 풀기 전에 잠깐 들여다보는
데, 마음이 깨끗해지더라고요. 주방에서 편히 물 한 잔 할
수 있다는 게 얼마나 고맙고 좋은 일인가 싶었습니다.

지구 저편 아프리카에서는 물을 찾아 길어오는데 5시간
이 걸리고, 그나마도 깨끗한 물이 아니라 면역이 약한 아
이들은 생명까지 위험하다는데. 이렇게 나는 편하게 마셔
도 되는 건가, 싶어 몸 둘 바를 모르겠습니다.

맑은 물 한 잔으로 좋아지는 이 기분을 모두 똑같이 누려
야 하는 게 마땅한데요. 편하게 구할 수 있다고 당연히 누
려야 하는 것은 아니잖아요. 그걸 잊었나 봅니다. 새삼스
럽게 감사를 느끼니 말입니다.

맑은 물 한 잔 앞에
겸손하게 서고 싶습니다.

아주 작은
떨림 하나로도

'구체적'이라는 단어를 생각해봤습니다.
귀에 들리는 것, 피부에 닿는 것, 머릿속에 떠오르는 것,
눈에 보이는 것들을 듣던 대로 듣고, 보던 대로 보지 않고
'구체적'으로 보고 들어봐야지…, 그렇게 생각을 하니까
머릿속이 한결 투명해지는 것 같아요.
먼 산의 풍경보다 지금 내 눈앞의 커피 한 잔이 더 커 보
입니다. 웅장한 교향곡보다 책 넘기는 소리, 웃음소리가
더 뭉클합니다.

삶은 이렇게
아주 작은 떨림에서 시작됩니다.

오늘의 세탁기

세상은 커다란 세탁기.
지금은 급수모드.
내일은 탈수모드.

깨끗이 빨아
뽀송뽀송하게 말려다오 하늘아.

오늘은 급수모드.
내 마음도 씻어다오.

귀 기울여봐

비둘기에게 먹이를 주는 할아버지를 본 적이 있습니다.
비둘기들이 구구구, 거리며 주위로 몰려들어 아침거리를
구걸하고 있었습니다. 제 귀에는 "야 하나 건졌다!"라고
들리는 것 같았어요.
한참 보니 저만치 새끼를 낳으려는지, 까치가 집 지을 나
뭇조각을 하나 물고 두리번거리더라고요. 제 짝인지 다른
한 마리가 날아오니까 깍깍, 소릴 내며 반대쪽으로 날아
갔습니다. 그 깍깍 소리가 "이제 해결됐어!"라고 들리더
군요. 아니면 "넌 딴 데 가봐!"라고 들리기도 하고요.

사람의 말은 너무 복잡해요. 가끔 우리도 뭐 한마디로 통
하는 게 있었으면 좋겠어요. 구구, 라든지 깍깍, 이라든지.
그냥 해볼까요? 만나서 반갑다고 구구! 오늘 기분 좋다
고 깍깍! 깍깍!

새는 새들끼리 이야기하지요. 풀벌레는 풀벌레들끼리, 강
아지, 고양이, 늑대, 호랑이… 서로 서로 이야기를 하지요.
그럼 바람은 바람하고 이야기하고 파도는 파도끼리, 햇살
은 햇살끼리 할까요? 하겠지요.
지들끼리 무슨 사인이 있겠지요. 바람과 바람이 하는 말
은 대나무가 듣고 파도와 파도가 하는 말은 갯바위가 듣
겠지요.

어디에 있든,
이렇게 자연이 속삭이는 말들을
우리도 들어보면 어떨까요?
우리가 배우지 못한 지혜를
덥석 안겨줄 수도 있지 않을까요?

사람은 자연의 말소리를 듣지 못합니다. 그저 보이는 걸 자기 식대로 번역할 따름입니다.

흰 국화가 소담하게 핀 것을 보고 가을이 하얗게 익었다, 라고 번역하지요. 높고 높은 푸른 하늘을 보고는 그리움이 파란 풍선으로 점점 커지는 구나, 하고 번역하지요. 황금빛으로 물들어가는 들판을 보고는 벌써 가는 여름아 잘 가, 라고 번역하지요.

엉터리 번역이면 어떻습니까. 사람과 사물 사이를 통역해주는 전문가가 따로 있는 것도 아닌데요.

원래 보디랭귀지가 공통어 아니겠습니까. 자연이 몸으로 하는 말을 번역할 따름이지요.

나는
지금 변신 중

요즘 아이들이 좋아하는 변신로봇, 변신자동차만큼 어린 시절의 꿈도 변신을 합니다. 생각해보니 그 시절에는 원래 변신로봇이 들어 있는 것 아닌가, 할 정도로 변화무쌍하지요. 저는 아주 어릴 적에는 잠자리나 송사리가 되고 싶었던 것 같아요. 돼지나 허수아비가 되고 싶었던 적은 없는 것 같아요. 바위는 돼보고 싶었던 것 같아요.

조금 더 커서 세상에 있는 직업을 알게 되니까 불자동차 운전수, 파일럿 같이 하여간 뭔가를 조종하는 사람이 되고 싶어 했어요.

어른이 돼서도 꿈은 계속 변신합니다. 여전히 변신로봇이 제 안에 있더라고요. 이제는 마음을 움직이고 싶어 하는 사람이 되는 걸로 변신 중입니다. 자동차나 비행기보다 더 어려운 꿈이지 않나요.

꿈의 변신은 끝이 없습니다.

꼬물거리는
녀석들은

벌레들은 발소리든지 뭐든지 진동을 느끼면 딱 멈춰 서서
죽은 척해요. 그러면 그놈이 움직일 때까지 바라보고 있
게 되잖아요. 근데 어떤 놈들은 얼마나 참을성이 많은지
제가 그 자리를 뜰 때까지도 그냥 가만히 있어요.
아침 준비가 늦어서 허둥대다 화장실에서 새끼 사마귀 놈
이랑 조우를 했는데 고놈이 뭔가 낌새를 느꼈는지 갑자기
'동작 그만' 하고 멈추더라고요. 그때 저도 양치질하다 말
고 녀석한테 눈싸움을 걸었죠. 화장실 문밖에서, 상 차려놨
더니 뭐하느냐고 하기에 와서 벌레 구경하라고 했다가 한
소리만 들었습니다. 징그러운 걸 밖으로 쫓을 생각은 안
하고 덜 떨어진 짓만 한다고요.

벌레가 귀엽진 않아도 그 신기한 생명으로 잠깐의 여유를
얻었습니다.

세수하다 보니까 세면대에 굼벵이처럼 생긴 작은 벌레가
한 마리 있어요. 왜 그런 벌레들은 죽은 척 잘하잖아요.
물방울이 튀니까 발을 몸 쪽으로 잔뜩 웅크리고는 꼼짝을
안 하더라구요. 모른 척하고 세수를 하면서 생각을 했습
니다. '저놈이 지금 갑자기 비가 오는 줄로 알까?' 하고
요. 그런데 굼벵이는 세수하는 저를 보면서 '도대체 저
괴물은 자주 본 동물이긴 한데, 아침마다 저게 뭐하는 짓
인가…' 라고 할지 몰라요. 이런 생각을 하다가 혼자 웃었
습니다. 걔는 지금 목숨을 지키고 있는 판인데 무슨 생각
이 있겠어요.

사람의 생각이란 게,
그저 생각일 뿐이어서 우습습니다.

귓가에
맴도는 소리

가을에는 아침이 밝아도 어디선가 귀뚜라미 우는 소리가
들리는 것 같은 날이 있습니다. 우리는 새가 운다, 라고
하고 서양 사람들은 새가 노래한다, 라고 한다는데요. 관
점에 차이가 좀 있는 거 아닌가 싶어요. 귀뚜라미 소리를
그 사람들은 노래한다고 하진 않겠죠.
귀뚜라미가 노래하는 건지 우는 건지를 가려내자는 건 아
닙니다. 노래라면 저런 절창이 없고 우는 거라면 저런 통
곡이 있겠나 싶어서요.

온종일 귀뚜라미의 환청이 들리는 게 계절 탓일까요, 이
명耳鳴 탓일까요, 아니면 마음 탓일까요?

더 미련한

누렇게 바래져가는 풀들을 보면, 저렇게 풀들도 때를 내려놓고 가는 법을 아는 것 같아서 고개가 숙여집니다. 풀도 아는데 왜 나는 자꾸 미련을 놓지 못하고 움켜쥐고만 있는 건지 부끄러워서 말이지요.

어린 시절, 술래잡기 하다가 숨어든 어두운 곳에서 봤던 거미를 떠올려보면, 저렇게 컴컴해서 보이지도 않는데 자기 자리를 찾아서 있는 것 같아 대단해 보이기도 했습니다. 생각해보면 나는 술래 몰래 숨겠다고 시커먼 집과 집 좁은 틈이나 광 안의 부대자루 뒤로 기어간 건데, 누가 어두운 데로 떠민 것 마냥 안절부절못했지요. 거미는 그 깜깜한 게 하나도 안 무서우니까 그런 곳에 살지 않겠습니까.

그런 걸 보면, 거미보다도 무서움을 더 타고 풀보다도 어리석어 미련의 늪에서 허우적거리는 것이 바로 우리입니다.

마음이 답답할 때는 나에게 너른 들판이 되어주고 살기 팍팍할 때는 시원한 강물이 되어주는 내 사람들. 나도 그들에게 뭐라도 돼주고 싶습니다.

"맞아요. 나는 당신을 사랑합니다. 오늘이 선물인 것은 당신이 계셔서입니다. 제가 말씀을 안 드렸던가요? 당신에게 다가가지 못했던 건 제가 게을렀기 때문입니다."

나의 빛깔에서
너의 냄새가 난다

인연의 파문

인연은 사람과 사람 사이에만 있는 것 같지 않아요. 어떤 시간이나 느낌, 풍경, 휴대전화 문자, 불쑥 다가온 관심 이런 것도 다 인연에 따른 것이 아닐까 싶습니다.

특히 종이에 글을 쓰면서 맡는 펜의 잉크 냄새가 깊은 파문을 일으킵니다. 학창 시절 도서관에서 맡았던 냄새의 데자뷰 같기도 합니다. 다시 만날 수 없는 그때의 나를 만난 것 같아 뭉클하면서도 아련한 반가움이 들더군요.

순간을 아무렇게나 흘려보내지 않고 촉각을 세우고 있으면 무엇을 통해서든 닿을 것 같지 않은 깊은 나의 내면에 도달할 수 있을 것 같습니다.

그게 아닌데

집을 나서다 동네 고양이를 만났습니다. 그 고양이는 언제나 제 눈에 들어오는 것보다 먼저 저를 바라보고 있는 것 같아요. 시선이 마주칠 때쯤이면 이미 저를 외면한 상태거든요.

문제는 저는 그 고양이를 참 예뻐하는데 그 고양이가 제 마음을 몰라주는 거예요. 되게 속상하더라고요. 그런데 어쩌면 제가 제 마음을 몰라주는 거라고 느끼는 건지도 몰라요. 고양이와 저는 서로 오해하고 있는 거겠죠? 고양이도 저를 좋아하지 않을까요?

그 사람이 내 마음을 몰라준다고 속상해할 일이 아닌 겁
니다. 나 혼자 스스로 만든 괜한 오해라는 거죠.

그런 사소한 오해, 안 만들고 싶습니다.
하루의 사소한 오해, 필요 없는 거 같아요.

무엇이
되어준다는 건

스스로 익어 우리에게 알곡과 실과를 주는 자연같이 나의
마음에 풍요를 주는 존재가 있습니다. 나의 가족과 나의
친구들이겠지요.
마음이 답답할 때는 나에게 너른 들판이 되어주고 살기
팍팍할 때는 시원한 강물이 되어주는 내 사람들. 나도 그
들에게 뭐라도 돼주고 싶습니다. 멋진 요리사가 되어주면
어떨까요. 재미있는 개그맨이 되어주면 어떨까요.

나에게 되어주는 것보다 더 크고 많이, 그 어떤 것도 기꺼
이 되어주고 싶습니다.

실뜨기

실뜨기 아시죠. 친구와 마주 앉아 손에 감긴 실로 얼기설
기 모양을 만듭니다. 실이 풀어지지 않게 잘 떠야 합니다.
길게 풀어져버리면 놀이가 끝납니다. 그 시시한 놀이에도
마음이 조마조마합니다.

그래요. 너무 사랑할 일도 아닙니다.
너무 미워할 일도 아닙니다.
그저 실뜨기 하듯 마주 보고 살 일입니다.

구두처럼

집을 나서면서 모처럼 신발을 골라 신으려다 보니까 갈색 구두의 앞코가 깨졌더라고요. 언제 돌부리에 걸렸든지 계단에 걸렸든지 했던 것 같은데, 기억도 없고 나도 모르는 사이에 그렇게 다쳤을 거 아니에요. 구두는 자기가 다치면서 내 발을 보호해줬는데 그걸 다 지난 지금에서야 알았습니다.

우리가 살면서 나 때문에 누가 상처를 입었는데도 그냥 모른 척한 적은 없었을까요. 반대로 구두처럼 내가 상처를 입고서도 모른 척하거나, 아니면 그냥 그 고통을 일부러 견뎠던 적은 없었을까요. 나를 그리고 주위를 한번 돌아보게 됐습니다.

구두야 미안하다.
네 코가 깨진 것도 몰랐구나.
구두야 고맙다.

그게 뭐 그리
큰일이라고

소식이 뜸하던 친구의 전화를 받으면 솔직히 반가움보다 먼저 전화한 이유가 궁금하잖아요. 무슨 일이 있나, 아니면 무슨 부탁하려는 건 아닐까, 하고요.

정말 오랜만에 친구한테서 전화를 받고 제가 그렇게 경계를 늦추지 못하면서 떨떠름하게 대꾸를 했는데, 통화 끝에 친구가 "여기 시카고야." 그러는 거예요. 몇십 년 만에 겨우 전화번호를 알아서 반가움에 얼른 전화를 걸었다는 겁니다. 단지 제가 보고 싶다는 마음에서요.

세상에, 그렇게 죄스러울 수가 없더라고요. 지구 반대편에서 나를 그리워하다가 가까스로 알게 된 제 전화번호를 전화기에 눌렀을 친구를 상상하니까 제가 참 야박한 사람 같았습니다. 친구의 순수한 진심을 제가 가재미눈으로 째려보고 있었던 꼴이더군요. 내가 어쩌다 이 모양이 됐나 싶었습니다.

세상이 하도 강퍅하고 피곤한 것들이 많아서일까요. 그깟 전화 한 통이 뭐라고. 또 그런 부탁을 좀 받으면 뭐 그리 큰일이라고.

경계심으로 점점 무조건반사가 되는 세상입니다.

당신과 나 사이

태양이 꼭 저만큼 떨어져 있어서 감동했습니다.
지구가 하루에 한 바퀴씩 도는 바람에 밤과 낮이 생기고
그 축이 기울어져 있어서 춘하추동, 천변만화의 요지경이
펼쳐지는 거잖아요. 지구와 태양의 이 우연을 닮은 필연
이 인간사를 함축하고 있는 것 같아 놀랍습니다.

당신과 나 사이의 거리, 우연한 끌림에서 시작해 그 중력
권 안에서 빙글빙글 돌며 서로 떨어지지도 않고, 더 가까
이 갈 수도 없는 그런 운명 때문에 생겨나는 수많은 일과
감정들. 이 지구와 태양의 댄스를 너무나 닮았습니다.

모르는 게 약

GPS를 내가 늘 쓰는 물건 어느 것에든 달면 내가 언제 어디에 있는지를 정확히 알 수 있다고 합니다.

마음에도 그런 장치를 달아서 '마음GPS'가 있으면 어떨까 생각해봤어요. 내가 내 마음이 어디 있는지 알면 더 좋을까, 나쁠까? 아무래도 마음에는 그런 게 없는 편이 더 나을 것 같습니다.

나의 마음이 저 사람에게는 50m 떨어져 있고, 이 사람에게는 불과 3m밖에 떨어져 있지 않다는 걸 정확하게 알면 그 사람에게 가는 걸음이 참 주저되지 않겠어요. 다가갈 때 감지되는 거리 같은 거 모른 체하고 딱 눈 감아버린다 하면 상관없겠지만, 멀어질 때 점점 커지는 간격을 정확하게 알게 된다면 참 고통스럽겠지요. 그 고통은 지금같이 마음GPS가 없을 때보다 수백수천 배 더 힘들 것 같아요.

세상살이는
정확하게 알수록 편리해지지만,
사람살이는 정확하게 알수록 괴로워집니다.

녹슨 자전거

세상에 쓸쓸한 풍경 중 하나가 녹슨 자전거가 아무렇게나 있는 것입니다. 버려진 녹슨 자전거라고 해야 할까요, 녹슨 버려진 자전거라고 해야 할까요. 그래도 버려지기 전엔 반짝반짝 빛났을 테고 타이어에도 바람이 팽팽하게 들어 있었을 텐데.

녹슬어서 버려진 게 아니고 버려져서 녹슨 걸 겁니다. 버려져서 낡고 녹스는 게, 어디 자전거만 그러나요? 사람도 마찬가지입니다.

방기는 폐기예요. 내버려두고 아예 돌보지 않으면 못 쓰게 되고 버려지게 되지요.

혹시 주변에 내버려둔 사람이 있나요?
돌보지 않는 사람이 있습니까?
시간이 쳐들어와 그들을 망가트리지 않도록
지금이라도 그들의 이름을 불러야 합니다.

메아리 없는
소리

공상을 많이 해서 그런지, 한여름 아침에 밤새 침대 주변
에 쳐둔 모기장을 걷고 나오다가 문득 모기랑 얘기를 해보
고 싶더라고요. 너 모기장 때문에 밥을 못 먹고 배고파서
어쩌냐, 같은 그런 시시콜콜한 얘기요. 그러다 언뜻 보이
는 선풍기하고도 얘기하고 싶고 수도꼭지하고도 말하고
싶은 거예요. 쓸데없는 짓이지, 하고 생각을 떨쳐버리려고
하면 할수록 더 얘기하고 싶어요. 의자하고 나무하고도요.

그러다 소통이란 게 꼭 쌍방향이어야만 하는 건가, 하는 생각이 들었습니다. 어느 스님께서는 생전에 메아리가 없는 소리를 찾으려고 하셨다는데 내가 내 마음대로, 그야말로 메아리 소리를 바라지 않고 말하는 것이 잘못된 건 아니지 않나, 싶었습니다. 굳이 말을 주고받진 않아도 밤새나를 모기로부터 지켜준 모기장이 혼자 흐뭇해하고 있다고 한들 뭐가 이상해요. 만약에 모기장과 제가 말을 주고받을 수 있다고 하면 저에게 자기 수고를 더 인정받으려고 으스댈 수도 있지 않겠어요.

어쩌면 오히려 주고받지 않는 말이 더 정직한 건지도 모르겠습니다.

문, 문, 문

우리는 아침마다
참 많은 문을 거치는구나 싶어요.
방문, 현관문, 대문,
차고문, 다시 자동차문,
회사 정문 또 현관문, 엘리베이터문
또 문, 문, 문.

동료들이 있는 회사를 가는 길
친구들이 있는 학교를 가는 길
누군가와 한 약속 장소로 가는 길
도착하기까지 이렇게나 문이 많습니다.

그러니 한 사람이
또 다른 사람에게 도달하기까지
또 얼마나 많은 관문을 지나야 되겠습니까.

그러나 우리는
그 문을 줄이려고 생각하기보다는
늘이는 데 더 관심이 많은 것 같아요.

나무와 나무 사이가
잎으로 채워지는 계절인데
사람과 사람 사이가
무척 멀어져 보이는 이 시대,
그 사이의 관문들이
더 굳게 닫힌 듯 보입니다.

공사 중 사회

잘 있던 보도블록이 죄다 헤집어져 있을 때면, 멀쩡한 걸 왜 그렇게 다 파놓나 싶어요. 아침 출근길, 등굣길에 어른들, 아이들 할 것 없이 차와 오토바이에 뒤엉켜서 아주 괴롭습니다. 또 얼마나 위험합니까. 공사 구간이 정해진 거면, 바리게이트 쳐서 우회로를 만들면 사람도 안전하고 차도 무사할 텐데요. 일하시는 분들도 편하고 말이지요. 특히 그런 곳에서는 다들 자기만 중요한 것 같아요. 너는 가든 말든 나는 공사하겠다, 그래 너는 공사해라 나는 가겠다, 이렇게 도무지 타협이나 협상이 없어요.

신문에 나는 사건 사고들을 꼭 길에 펼쳐놓은 것 같습니다. 어수선한 공사길이나 시끄럽고 떠들썩한 신문 기사나 참 많이 닮았습니다. 공사길을 정돈하고 타협해서 질서를 만들면 우리 사회도 정리가 되는 걸까요.

프러포즈

마음에 없을 때는 모르다가도 마음이 가기 시작하는 걸
알게 되면 행동 하나하나가 참 신경 쓰이게 되지요. 무심
결에 하는 일은 늘 잘 하던 것도 신경 쓰기 시작하면 기대
치에 이르지 못하는 경우가 많습니다. 어쩌면 그 과정은
자신을 잃어버리게 되는 과정인지도 몰라요.
그렇게 내가 없어지면 그 자리는 비게 되겠지요. 그건 누
군가가 들어올 자리가 생기는 것과 같습니다.
누군가로 인해 그 빈 자리가 채워지기 시작하면 어느 날
갑자기 숨겨뒀던 감정이 주체할 수 없이 튀어나옵니다.

그걸 이름하여,
우리는 프러포즈라고 하지요.

그런 사랑

사랑을 한다고 하면
하는 게 있고 받는 게 있잖아요.
사람 참 이기적이에요.
내가 사랑을 했던 게 받았던 것보다
더 많이 기억나는 것 같아요.

그러니 내가 했던 '사랑'을 떠올릴 때마다
적자를 보는 것 같은 느낌이지요.

사랑의 공식

삼각형 내각의 합이 180도인 건 뭐,
그려보면 알 수 있다 해도
그게 딱 원의 반이라는 건
여전히 마술 같다.

파이 π 가 딱 떨어지지 않는 수라는 것 또한
원 주위를 아무리 걸어도
시작과 끝점을 알 수 없는 것과
무슨 상관이 있는 것만 같다.

도무지 헤아릴 수 없는 것들에도
그것을 풀어내는 비밀스러운 원리가
숨어 있을 것처럼
사랑에도 어떤 공식이 숨어 있을까?

떨리니까
사랑

건물 주위를 어슬렁거리며 볕 쬐는 해바라기놀이를 하다
가 때가 꾀죄죄한 건물 앞에서 스파이더맨처럼 벽에 붙어
서 유리창을 닦는 분들을 보았어요. 두 분이었는데 작업
을 준비하고 계시는 것 같았어요. 그래서 가까이 가서 고
개를 쳐들고 여쭤봤어요.

"무섭지 않아요?" 그랬더니 "직업이라서 안 무서워요."
그러시더라고요. 높이 올라가도 안 무서워서 그걸 직업으
로 삼으신 건지, 아니면 하도 오래 하다 보니 안 무서워졌
다는 건지. 하여튼 안 무섭다고 그러시더라고요.

저한테도 가끔 무대에 설 때 안 떨리느냐고 묻는 사람들
이 있어요. 그러면 저도 "떨리지 않아요."라고 대답해요.

가장 무섭고 떨리는 것은
따로 있는 것 같아요.
아마 사랑하는 일인지 몰라요.

지금 사랑에 빠진 사람에게 물으면
외벽 타는 사람보다,
무대에 서는 사람보다
더 떨리고 무서워할 거예요.

받아주세요

사랑하는 사람에게 별을 따다주겠다느니, 장미 꽃다발을
선사하겠다느니 하며 고백하거나 일곱 송이 수선화를 바
치면서 청혼하기도 하잖아요. 글쎄, 영원히 변치 않는 별
빛도 소중하고 아름다운 그 절정의 순간을 따서 드리겠다
는 게 얼마나 멋진 각오입니까.

하지만 저는 가을 햇살을 드리고 싶어요. 거친 여름을 지
낸 노고를 치하하고 위로하듯, 살짝 데친 것같이 숨이 죽
은 푸른 잎과 잔디 위를 쓰다듬는 그 햇살을요.

편안함을 사랑의 선물로
드리고 싶습니다.

당신으로
인해

아! 날이 맑으니까 좋다. 뭐 꼭 날씨 때문이 아니라도 내게 직장이 있고, 동료가 있고. 음, 주머니에 점심값도 두둑이 있으니 그것만으로도 더없이 좋은 날입니다. 영화〈이보다 더 좋을 수 없다〉에 명대사가 있습니다.

"당신 때문에 더 좋은 사람이 되고 싶습니다."

더 좋은 사람이 되고 싶게 만드는 그 사람 때문에 좋은 아침입니다.

"맞아요. 나는 당신을 사랑합니다. 오늘이 선물인 것은 당신이 계셔서입니다. 제가 말씀을 안 드렸던가요? 당신에게 다가가지 못했던 건 제가 게을렀기 때문입니다."

이런 편지를 꼭 무슨 날이나 낙엽이 지는 가을에만 띄워야 하는 게 아니란 건 아시죠?

기울어진 시간

살짝 기울어진 벽시계가 6시를 가리키자, 분침과 시침이
피사의 사탑처럼 위태롭게 기울어져 있습니다. 기울어진
시계가 가리키는 건, 어쩌면 기울어진 시간일지 모른다는
생각이 들었습니다.
실제의 시간이 아닌, 기울어진 다른 시간인지도 모르겠다
고 말이죠.

모든 연인들의 시간이 그렇지 않나요. 그에게로 그녀에게
로 기울어진 시간을 살잖아요. 시간이 오로지 사랑하는
사람의 방향으로 흐르니까요. 실제 시간이 아닌, 그 사람
을 향해 기울어진 다른 시간인데 말입니다.

만남과 이별만
있을 것

기차역에는 옷 가게가 없었으면 좋겠습니다. 빵집, 커피
숍도 없고 자동차 전시도 안 했으면 좋겠습니다. 기차역
에는 오로지 기차 들어오는 소리, 기차 떠나는 소리…, 그
렇게 만남과 이별만 있으면 좋겠습니다. 인연을 침범하는
것들이 너무 잡다하게 많아요.

세상사, 그저 사람과 사람의 만남과 헤어짐.
그 외에는 아무것도 아닙니다.

나무 같은
사람

사람들 앞에서 내 이름을 불러준 사람.
안 자랄 것 같은 나무를 키워내는 사람.
어른이 되어 만나면
똑같은 어린이인 사람.
혹은 똑같은 어른인 사람.
그래서 더욱 가슴 뭉클한 사람.

선생님.
선생님 잘못했습니다.
선생님 감사합니다.

인생초보

아이들이 말도 안 듣고 늦장 부리고 애먹이면 참 힘이 듭니다. 그래도 쬐금만 봐주세요.
왜 초보 운전자 차 뒤창에 '왕초보' '달리고 있는 거예요' '답답하지유? 전 미치겠어유' 이런 것들이 붙어 있잖아요. 아마 우리 아이들, 말은 못 해도 등짝에 그런 거 붙여서 다니고 싶은 심정일 거예요.

아이들에게 인생길은 아직 초보이잖아요.

시계는 각각

빵집 앞에서 두 녀석 하는 소릴 들었어요. "야, 너네 집 시계는 잘 맞냐?" 그러니까 "몰라, 잘 맞겠지." 그래요. 그러니까 처음에 물었던 녀석이 한숨을 푹푹 쉬면서 "우리 집 시계는 마루하고 부엌하고 내 방하고 다 틀려. 뭐가 맞는지 모르겠어." 그러는 거예요. 집에 있는 모든 시계가 똑같이 가긴 하나요. 아마 아닐 겁니다.

옛날에는 대청마루에 큰 괘종시계가 유일했는데. 손목에 차는 시계도 있고 요즘에는 모두 하나씩 있는 휴대전화에 시계가 있잖아요.
그 시계들의 시간은 저마다 다를 겁니다. 각자 자기 방에 문 닫고 들어가서 자기만의 시계로 살잖아요.

한집에 있는 시계라도 모두 똑같은 시간을 가리킬 수 없습니다. 한집에 사는 사람 모두 각자의 방에서 다른 시간을 보내고 있잖아요.

<u>스스로</u>
깨닫게 될 때

제 힘으로 걷지 않으면 한 걸음도 못 떼는 게 인생길인 것 같습니다. 안소니 퀸과 찰리가 함께 부른 노래 〈Life itself will let you know〉, 이 제목처럼요. 인생이 무엇인지는 스스로 알게 되는 것이지요.

이런 섭리는 페스탈로치 교육 사상에도 있습니다. 자연은 우리를 교육할 준비가 되어 있어서 그걸 인위적으로 인간이 생각하는 대로 조종하려들면 안 된다는 거예요. 그런데 작금의 교육 실태는 그렇지가 않더라고요. 학생들에게 꼭 되어야 할 모델이 있는 양, 가치 있는 삶의 전형이 있다고 가르치는 것처럼 보일 때가 있습니다. 그래서인지 교육비용도 천문학적으로 늘어나고, 교육으로 빈부격차마저 생기는 세상이 된 게 아니겠어요.

교육을 왜 해요. 인생을 더 가치 있게 살기 위해서잖아요. 학교 교육이나 진학 교육이 아무리 중요하다고 해도, 가정에서의 교육보다 앞에 두고 생각할 이유는 없습니다. 내 아이 살리는 교육이 삶에서 가장 절실한 게 아닐까요. 부모인 내가, 스스로 아이의 스승이 되겠다는 다짐이 필요합니다. 그 순간이 또 부모에게는 인생을 스스로 깨우쳐 나가게 되는 것이겠지요. 그걸 보고 자라는 아이는 또 나중에 어른이 돼서 자신의 아이에게 스승이 됨으로써, 스스로 또 깨우쳐 나갈 겁니다.

그게 인생이 우리에게 말해주는 진리겠지요.

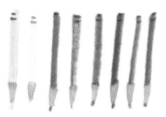

말하지 않아도

우리는 어쩌면 서로 이해할 수 없는
다른 말을 계속하고 있는지도 몰라요.
가족 간에도 별로 소통이 없지요.
아빠의 걱정거리는 뭔지,
엄마의 관심사는 뭔지,
아이의 고민은 뭔지.

우리 가정에 가장 소중한 것이
무엇인지 모른 채
아버지는 하숙생으로,
어머니는 가사노동자로,
아이들은 공부기계로
전락해가는 건 아닐까요.

그런 역할이름을 다 벗어던지고
한 사람의 가족으로서
아빠의 낡은 구두가 하는 말을 듣고
엄마의 젖은 고무장갑이 하는 말을 듣고
아들, 딸의 낡은 청바지 자락이 하는 푸념을 들읍시다.

말하지 않아도
아는 것이 가족이 아니라
말하지 않아도
알아주는 것이 가족 아니겠습니까.

가족, 하면 바로 떠오르는 단어들이 행복, 건강, 선물, 사
랑… 이런 것들 아닙니까. 문득, 그런 단어들이 바쁜 일상
에서는 좀 멀리 떨어져 있는 것이 아닐까 하는 생각이 들
었습니다.

삶은 모든 것이 파랑새와 같습니다.
치르치르와 미치르처럼
특별한 무언가를 찾아 떠날 것이 아니라
찾아 돌아와야 한다는 것이지요.
나의 가족과 나의 안으로 말입니다.

'생활의 발견'이라는 것은 잘 보이지 않던 삶의 부분들을 찾아내는 숨은그림찾기 같습니다.

아빠의 흰머리, 엄마의 주름, 아이들의 축 처진 어깨, 아직 직장 못 구한 아들의 한숨. 발견이라는 게 꼭 유쾌하고 좋은 것만 의미하는 건 아닐 겁니다.

하지만 아주 중요합니다. 좀 속상하더라도 좀 애처롭더라도 외면하고 회피하지 말고, 더 잘 찾고 더 깊이 생각해야 할 것들을 발견하는 것이야 말로 삶의 진가를 발견하는 일이겠지요.

더도 말고
덜도 말고

'더도 말고 덜도 말고 한가위만 같아라'라는 말이 있지요. 여기에서 '더도 말고'라는 말은 무슨 뜻이겠어요? 그저 식구들 얼굴 한 번 보고, 그해 잘 익은 과일이며 알곡들로 조상들께 감사 올리는 걸로 다 됐다, 하는 자족의 마음 아니겠습니까. '덜도 말고'는 그런 작은 것마저 내일을 살 희망으로 간직한다는 거지요. 그런 걸 보면 우리에게 지금 당장 필요한 건 돈이며, 권세며, 명예며, 이따위 것이 아니라 지금 나와 내 가족과 내 이웃에 감사하는 일입니다.

거기에 기쁨이 있습니다. 거기에 희망과 위로가 있습니다. 거기에 아름다움이 있습니다. 거기가 어느 백화점이냐고요? 거기가 어느 산이냐고요? 어느 바닷가냐고요? 아닙니다. 거기는 돈을 가지고 가는 데가 아닙니다. 거기는 차 타고 가는 데가 아닙니다.

거기는 가족과 이웃이 있는
우리네 일상입니다.

아버지

공연을 하다가 삐뚜로 돼 있는 마이크를 바로 놓으면 문
득, 저의 아버지가 떠오릅니다. 아버지께서는 언제나 정리
를 잘하셨어요. 옷도 차곡차곡 개시고, 교과서도 하얀 달
력 뒷면으로 깔끔하게 싸주시고, 방바닥의 먼지도 잘 치우
시고, 우리보다 세수도 빡빡 잘하셨습니다.
어렸을 땐 그런 아버지가 늘 답답했어요. 숨통을 조이는
것 같았습니다. 그런데 이따금 아버지가 생각날 때면, 새
삼 깨닫습니다. 단정하게 산다는 게 얼마나 어려운지를
말이지요.

가끔 만나는 아버지는
제 허리를 곧추서게 하십니다.

세상 걱정에 한숨 쉬기보다 사랑 시 한 줄 읽고 싶습니다. 죽은 잎들이 하염없이 쌓이고 내가 너를 잊지 못한다고 했던 자크 프레베르의 시를, 하이얀 국화가 피어 있는 날 밤 늦게 조용히 네가 내 마음에 닿아왔다고 했던 릴케의 시를. 방황하던 내 청춘을 다시 한 번 만나보고 싶습니다.

내가 구름이거나
바람이었을 때

비의 노래

비가 오면 사람들이 조용조용해지는 것 같아요. 비에 젖은 노래들을 들으며 나지막이 흥얼거리기도 하지요.

비 오는 창밖을 내다보고 있으면 공간이 한결 더 아늑하게 느껴져서일까요. 가슴속에 잊고 지내던 따뜻한 불씨를 아직도 꺼지지 않았네, 하고 돌아보게 돼서 그런 것일까요.

쭈그렁 할머니가 되신 내 어머니와 주름투성이에 백발이 성성하신 아버지께서도 빗속의 낭만 어린 추억의 노래 부르시겠지요.

비를 머금은 노래는 품고 있던 추억을 밖으로 번지게 해, 새로운 낭만을 느끼게 해줍니다. 머리 하고 나면 기분이 새로운 것처럼요.

비 오는 날은 노래들이
미용실 다녀오는
날인가 봅니다.

추억은 촘촘히

러시아 민예품 중에서, 인형 속에 또 인형이 있고 그 속에 또 작은 인형이 있는 마트료시카라는 게 있습니다. 가장 곁에 있는 큰 인형은 어른 같고, 점점 안에 있는 인형들이 어려지다가 가장 작은 인형은 아기예요.
이 마트료시카를 하나씩 꺼내서 죽 늘어놨다가 다시 또 하나씩 담으면서 보니, 이게 사람이구나 싶었습니다.

거울을 보면 내 얼굴은 쭈글쭈글한데, 내 얼굴 저 안쪽을 자세히 다시 들여다보면 오래 전 학생 모자를 쓴 내 얼굴이 보이고, 또 지그시 더 안쪽을 들여다보면 외갓집에서 까마중 따먹던 장난기 가득한 내 어린 얼굴이 보이거든요.

지난 시간에는
그저 추억만이 아니라
내 속에 깃든 시절마다의 내가
촘촘히 들어 있는 것 같습니다.

친구 집에 갔다가 이젠 골동품이 된 턴테이블을 봤습니다. 삼사십 년 전에 아주 인기 있던 웽웽거리는 야외전축이었습니다. 그냥 판을 얹으면 음악이 나오는 기계를 본 것뿐인데 느닷없이 울컥하고 눈시울이 뜨거워지더군요.

갑자기 그 시절 대천바다 모래밭에서 맡았던 물파스 냄새도 훅, 하고 콧속에 들어왔습니다. 한참 격투기를 배워 친구들끼리 치고 박고 하느라 온몸에 멍이 가실 날이 없어 이놈저놈 습관처럼 물파스를 바르던 때였거든요. 그냥 흔한 물파스 냄새를 느꼈을 뿐인데 갑자기 눈시울이 매워지더군요.

추억은 양파 껍질입니다.
벗기면 또 나오고 또 벗기면 또 나오는데,
그때마다 매콤하고 눈물이
찔끔 나게 시큼합니다.

희망의 거처

식빵 냄새, 사랑하는 사람에게 온 문자, 자전거, 포근한 베개, 냉면, 사과 주스, 그네, 그네!
나를 행복하게 해줄 게 뭘까, 하고 무작정 적다 갑자기 그네가 튀어나왔어요. 놀이터에 가본 지 수십 년도 넘은 것 같은데. 어쩌다 '그네'일까, 곰곰이 생각해보니까 알겠더라고요.

우리의 희망이 미래 어느 날에 있는 것처럼 보여도 어쩌면 진짜 원하는 건 늘 과거에 있는 것이 아닌가 싶습니다.

그러니 원하는 것 때문에
그렇게 정신없이 숨 가쁘게 앞만 보며
달려갈 일도 아닙니다.

추억진열장

외출을 하려고 신발장을 여니까 한 살도 안 된 새 신발부
터 뒤축이 많이 닳은 십 년도 넘은 구두, 흙이 잔뜩 묻은
운동화에 자전거용 덧신까지 가지런히 늘어서 있는 걸 보
니, 신발도 추억이더군요. 어느 녀석이든 한 번쯤은 나와
어딘가에 동행했을 거 아니에요. 신발장이 마치 추억진열
장 같았습니다.

어디 신발뿐이겠습니까. 매일 쓰던 볼펜, 늘 걷는 동네 골
목길, 오래 전에 찍은 가족사진 같은 것들이 퀼트처럼 알
음알음 꿰매져 오늘의 내 모습을 만든다 생각하니 눈에 들
어오는 것, 손에 들고 있는 것, 발에 신고 있는 것, 그 모든
것이 이토록 소중해집니다.

두고 온 시간

멈춰 있던 시계에 새 건전지를 넣어주니 다시 가기 시작했습니다. 밖은 어스레하게 노을이 지는데 오후 3시를 말하는 건지 새벽 3시를 말하는 건지, 시계바늘은 숫자 '3'을 가리키고 있었습니다. 시계바늘을 돌리지 않고 멈춰 섰던 그 시간부터 가기 시작하는 시계를 물끄러미 바라봤습니다. 시계 참 착하다. 멈춰 서 있던 일주일 남짓했던 시간에 미련도 두지 않고 그 순간부터 새로 시작하다니. 한참을 보다 시계바늘을 돌려 시간을 맞췄습니다.

우리는 늘 시간을 맞추는 데만 급급해합니다. 놓쳐버린 시간을 빨리 따라잡으려고 안달복달이지요.
어딘가에 놓고 온 시간이 쌓여 있을 것 같습니다.

비가 오면 그 사람 생각이 나요. 아직도 그 사람 생각하는 내가 서글프기도 하지만 그래도 잊지 않는다는 게 기특하기도 합니다. 애틋하기도 하구요.
비는 언제나 과거형이어서 꼭 나를 그 언젠가로 데려갑니다.

비는 데자뷰입니다.

비는 타임머신입니다.

비는 그때의 나입니다.

내 안의 꼬마

아침에 발딱 일어나기가 참 어렵습니다. 잠에서 깨서 정신이 들 때까지를 생각해보면, 학교 다닐 때 생물 시간에 에른스트 헤켈이라는 생물학자의 "개체 발생은 계통 발생을 반복한다."라는 명제를 배운 게 생각나요. 생태는 역사 과정을 반복한다는 얘기인데, 조작설이라고는 하지만 사람의 본능적 습성을 보면 조금은 맞는 것 같기도 해요. 이불 속에 웅크리고 있으면, 어린 시절 투정부리면서 자꾸 이불 안으로 파묻히려는 기분이 들잖아요. 그런데 번뜩 내가 지금 이럴 군번이 아니지, 싶으면서 이불을 박차고 일어나게 됩니다.

우리 안에는 꼬마가 있지요. 다 컸는데도 힘들거나 우울하면 자꾸 안으로 숨어들어가고 싶어지잖아요. 그런데 생활 전선에 있는 어른이기에 가까스로 기어 나올 수밖에 없습니다. 어쩌겠습니까.

겨울 아침이면

겨울 아침이면 춥다 소리 한 번 안 하고
얼굴 한 번 쓱 문지르고 출근길에 나서던
아버지 생각이 납니다.

겨울 아침이면 졸리다 소리 한 번 안 하고
아침밥 지으러 부엌으로 들어가시던
어머니 생각이 납니다.

겨울 아침이면 따뜻한 이불 속에서
눈만 반짝이며 누워 있던
제 모습이 생각이 납니다.

겨울 아침이면
유년의 온기로 따뜻해집니다.

까마득하던 날의
봄비

아스팔트에 떨어지는 빗방울을 보니 몇십 년 전에 내리던
바로 그 비였습니다. 우산을 펴기도 전에 목덜미를 간질
이는 그 장난기도 그때 그대로더군요. 문득 어리석었던
그 시절 제 모습이 떠올랐습니다.

어리석게도 그땐 나이 쉰이 아주 먼 훗날인 줄 알았습니
다. 순진하게도 세상에는 악인과 의인이 따로 있는 줄 알
았어요. 그때 배운 노래는 아무리 세월이 흘러도 부를 줄
알았습니다. 언제가 내 손으로 돈을 벌게 되면 아주 착한
일에만 쓸 줄 알았고 언젠가는 아주 다른 봄을 맞이할 줄
알았습니다.

그러나 그렇질 않군요. 쉰은 금세 되었고, 악인과 의인을 구분하는 눈도 바르지 않고, 그 시절 노래는 부르지 않은 지 오래고, 번 돈도 착한 일에만 쓰지 못하고, 이 봄의 나는 그 봄의 나보다 특별히 나아지진 않은 것 같습니다.
그날의 그 봄비군요.

지금은 없는

옛날 학교 다닐 때 등굣길에 신발주머니나 준비물을 집에 놓고 나오면 괜히 뒤통수가 당기고, 가방이 자꾸 집 쪽으로 가자는 것 같았잖아요.

인생을 살면 살수록, 어디다 무엇을 두고 그냥 왔는지 자꾸 뭘 빼놓고 온 기분입니다. 곰곰이 생각해보니 두고 온 게 한둘이 아닙니다.

일단 청춘을 두고 왔네요. 불타는 정열도 얼마만큼 흘리면서 온 것 같아요. 그렇게 가고 싶던 무전여행도 시절의 어디쯤에 두고 왔고, 아무 바람 없이 좋아했던 첫사랑 아이도, 이끼 낀 맑은 우물도 다 놓고 왔습니다.

아무리 둘러봐도
지금 여긴 없는 것들입니다.

나쁜 일
같아도

제가 학창 시절에 살던 집은 상습 침수 지역이었습니다. 여름 한철 나기가 전쟁이었지요. 장마가 시작됐다 하면 죄다 물에 잠기기 일쑤였어요. 그 시절의 기억은 물에 잠겼던 집 안처럼 세월에 잠겨 또렷하게 떠오르진 않지만, 그래도 생생한 건 호마이카 자개장과 제 영어사전입니다. 장마 통에 물에 빠져 자개장은 밑동부터 한 반쯤 들떴고 영어사전은 두 배나 불어났어요. 그 영어사전은 몇 날 며칠 맷돌로 눌러놔도 다시 얇아지진 않더군요. 얼마나 속상하던지요.

또 하나 생생한 게 있습니다. 그 물난리에 일주일 동안 기거하게 해주셨던 이웃 심 씨 아저씨입니다. 우리 가족의 평생 은인이십니다.

꼭 힘든 일에 괴로운 기억만 있는 건 아닙니다. 나쁜 일에도 아름다운 것 하나쯤 슬며시 끼어 있습니다. 예기치 않았던 고난이 찾아올 때, 그걸 찾는 노력을 한다면 조금 더 수월하지 않을까요.

가르쳐다오,
낙엽아

낙엽아!
너에게 꼭 물어보고 싶은 게 있다.
혹시 푸르던 시절의 향수가 남아 있는지 궁금하다.
바람 불어 나뭇가지에서 떨어질 때 기분이 어떠니.
번지점프 할 때의 기분과 비슷한지 궁금하구나.

무엇보다 제일 궁금한 건 말이다.
나뭇가지에서 그렇게 떨어져 나가면
처음에 네가 돋았던 자리로
다시 돌아갈 수 없다는 걸 알면서도
애초에 싹이 난다는 일이 덧없지 않느냐는 것이지.

낙엽아!

나는 말이다.

푸르던 청춘의 향수가 너무 짙다.

세월의 바람이 불어닥쳐

생의 골짜기로 떨어지는 기분을 상상도 할 수 없다.

번지점프가 아닌 곤두박질과 비슷하겠지.

무엇보다, 다시 어머니 속으로 돌아갈 수 없다는 걸

돌이킬 때마다 인생이 참 덧없었더라.

나를 좀 가르쳐다오. 낙엽아!

차가 오거나 말거나 손거울 속에 자기 얼굴을 쳐다보며 걸어가는 중학생 아이를 보니 나르시스가 따로 없구나, 싶었어요. 신화 속 나르시스는 물에 비친 자신의 모습을 보고 사랑에 빠졌다던데, 그 아이의 모습이 참 예쁘더군요.

청춘을 '늪'이나 '덫'에 비유하기도 하지요. 그래도 청춘이야말로 자기애가 가장 충만한 생명의 계절이 아니겠어요? 반쯤은 타인이 되어 무감각하게 살아가는 어른의 삶을 반성하게 합니다. 시절은 금세 무르익어 갑니다.

더 늦기 전에 가엾은 나를 돌봐주세요.

눈 오는 아침, 애기 이불 속에서 보는 것 같은 세상입니다. 기억도 습관인지 이런 날은 으레 그렇다는 듯이 꼭 그날, 거기 혹은 그 옷 입은 그 사람이 생각이 납니다. 저에겐 그리 즐겁거나 풍요로웠던 시절이 아니었음에도 불구하고 꽃집 한 귀퉁이 움막 같은 화실을 지어놓고 그림을 그리던 가난한 화가 지망생이 생각이 납니다. 돌이켜보면 그때만큼 제가 부자였던 적도 없는 것 같습니다.

그 친구가 그리운 건지,
내 청춘이 그리운 건지….

청춘 멜로디

지금 바로 눈앞에 보이는 것은 추억을 방해합니다. 귀에 들리는 것이 추억을 부르고 코끝에 스치는 것이 추억을 자극합니다.

추억에 빠진 사람의 눈에는 초점이 없습니다. 눈앞에 있는 것이 보이지 않는 것이지요. 눈은 문이 닫힌 극장처럼 깜깜하고 머릿속에서는 환등기가 돌아갑니다. 그 시절이 고스란히 떠오르는 음악이 들리면 유인되어 귀를 기울이게 되고, 그 시절의 향기를 맡으면 그 발원지를 찾아 헤매게 됩니다.

귀에 아련한 그 노래가 들릴 때는, 코에 아스라한 그 내음이 닿을 때는 하던 것을 멈추고 해야 할 것을 잊고 잠시 그 추억 속으로 깊이 잠수합시다.

잊고 살던 내 청춘의 장롱을 열어보는 것은 나의 길로 다시 들어가 거꾸로 걷는 일입니다. 내가 걸어온 길이 나의 인생이지요. 그 길은 내 시간들이 하나로 촘촘히 엮인 외길입니다.

그 하나의 길을 따라 거슬러 걷다 보면 어느 순간 그 노래의 전주가 들려오기 시작합니다.

그때 들었던 그 노래 한 자락이 내 삶입니다.
청춘의 멜로디가 내 삶입니다.

그런 극장

문득, 극장에 가고 싶습니다. 근데 갈 수가 없어요. 최신 개봉작이나 으리으리한 3D 상영관이 있는 영화관에 가고 싶은 게 아니에요. 요즘 인기 있는 여배우, 멋진 남자 배우가 보고 싶은 게 아니에요.

자막도 잘 안 보일 정도로 화면에 비가 내리고 음향도 엉망이고 선풍기 돌아가는 소리가 요란하고 의자의 용수철이 엉덩이를 찌르는, 그 극장에 가고 싶습니다.

내 청춘의 그 주말로 돌아가고 싶습니다.

한숨보다
시 한 줄을

아침에 비가 뿌려서 자전거를 꺼내려다 다시 집어넣으며
비가 길을 막네, 라고 생각했습니다. 상쾌한 아침에 훼방
꾼이 나타난 거지요.

마른 나뭇가지에 위태롭게 매달린 나뭇잎들도 비를 반기
는 것 같진 않았어요. 빗방울 소리가 곧 낙엽으로 떨어질
잎사귀들한테는 저승사자의 요령 소리로 들릴지도 모를
일입니다.
세상에 이 비 같은, 저승사자의 요령 소리 같은 사건 사고
가 너무나도 많네요. 한 시절이 가고 또 가도 철도 없이
일어납니다.

세상 걱정에 한숨 쉬기보다 사랑 시 한 줄 읽고 싶습니다.
죽은 잎들이 하염없이 쌓이고 내가 너를 잊지 못한다고 했
던 자크 프레베르의 시를, 하이얀 국화가 피어 있는 날 밤
늦게 조용히 네가 내 마음에 닿아왔다고 했던 릴케의 시를.

방황하던 내 청춘을
다시 한 번 만나보고 싶습니다.

냄새

집마다 냄새로 기억합니다. 작은 집에선 호마이카장롱 냄새가 났고 외할아버지 댁에선 석유곤로 냄새가 났어요. 큰아버지 댁은 닭똥 냄새와 처마가 그슬려 탄 냄새가 뒤섞여 있었어요. 그 어떤 냄새든 모두 그 시절의 고향 냄새로, 이제 이 세상 어디에서도 맡을 수가 없지요. 땅이 꺼진 것도 아니고, 그저 한낱 꿈도 아닌 것인데, 대체 다 어디로 사라진 걸까요.

그 시절 그 음악으로라도 잠깐씩 비추는 서치라이트 속의 잘려진 풍경처럼 얼핏 설핏 그때의 풍경을 볼 수 있을까, 기대해보고 싶습니다.

사람도 그런 냄새로 기억하곤 하지요. 어머니는 김치 버무리던 냄새, 아버지는 담배 냄새, 약국 아저씨 약 냄새, 생선가게 아줌마 비린내, 예쁜이 현주한테선 비누 냄새가 났고, 쌈패 재덕이 머리에선 늘 쉰내가 났어요. 시금털털한 냄새 있잖아요. 어머니가 아껴 쓰시던 분 냄새 기억도 납니다. 그리고 그 시절 이끼 낀 우물가 냄새, 분합문의 니스 냄새까지.

그런데,
나의 냄새는 기억에 없습니다.
쾌쾌한 종이더미 냄새였을까요,
땀 냄새였을까요.
내 청춘의 냄새는 무엇이었을까요.

청춘의 쓴맛

"으앗, 써!"

그렇게 쓴 줄 알았으면 씹지 않았을 텐데. 저한테 그 쓴 걸 씹게 해서 골탕 먹이고 낄낄대던 친구의 얼굴이 떠올랐습니다.

그래서 커피를 마시다가 무심코 커피에 쓴맛 말고 또 어떤 맛이 있나, 하나하나 뜯어보며 음미해보자고 했지요. 한 모금 홀짝, 마시고 나서 첫맛은 고구마 껍질이 탄 맛이었어요.

"음, 쓰군!"

고구마 맛을 보려고 비싼 커필 마신 건 아닌데, 좀 억울했어요. 아니 이래서는 너무 손해다, 기필코 다른 맛을 찾아야겠다, 하고 다시 또 홀짝 마시고 집중해보니 그 맛이 오래 전 그때 친구가 골탕 먹인, 처음 씹어본 그 라일락 잎사귀 맛인 거예요.

맞다.

라일락 잎사귀를 씹었던 그때의 맛!

내 청춘의 쓴맛!

토닥토닥

어두운 방에 불을 켜는 순간이면 데자뷰가 펼쳐집니다.
기약 없는 내일 앞에 막막하게 서 있던 내 청춘이 불현듯
스칩니다. 그러면서 화들짝 현실에 눈을 뜨면 그때와 다
르지 않은 내 모습을 바라보게 됩니다.
갑자기 그 순간, 그 시간이 겹쳐지지요. 시간은 흘러가는
게 아니라 덧씌워지는 것 같습니다.

시간의 지층 저 아래에 괴인 내 청춘을
조금은 따뜻한 손길로 쓸어주고 싶습니다.

그리움

'그립다.' 써놓고 무엇을 그리워하는 건지 생각해봅니다. 누군가를 그리워하는 것이 지금까지 만나지 못해서 그런 걸까요. 무언가를 그리워하는 것이 지금은 만날 수 없어서 그런 걸까요.
꼭 결핍 때문은 아닙니다. 그리워하는 것은 상실이 아니라 시간의 선물입니다.

지금은 만나지 못하는 너를 만나는 일,
지금은 없지만 가졌던 것을 쥐어보는 일,
그때의 내가 되는 일입니다.

휴대전화 속 사진첩을 들여다보니 언젠가 찍었던 노을이 예뻤던 날의 풍경이 여러 컷 있었습니다. 해가 떨어지는 게 고스란히 담겨 있더군요. 그걸 찍으면서도 해가 지는 게 진짜 순식간이구나, 하고 느꼈던 것까지 기억이 났습니다. 애니메이션 컷 같은 연속 사진을 한 장 한 장 지우다 마지막 한 장은 남겨둘까, 하고 살짝 망설였어요. 그러다 그냥 지워버렸어요.

어느 날의 노을은 그렇게 졌고, 그렇게 지워졌습니다.

이처럼 무엇을, 누군가를
기억에서 지운다는 것은
해가 지는 모습을 닮았더군요.

기억 모자이크

이제 그 사람의 얼굴은
또렷이 기억나지 않는 게 맞아.
부분부분 떠오르는 모습이 없는 건 아니지만
그건 모자이크 같은 거야.
피카소 그림처럼 눈이 뒤통수에 붙어 있고
코가 귀 밑에 매달려 있는 거나 마찬가지지.

시간은 기억을 자르는 칼이지.
어떤 기억, 어떤 모습이라도 잘려져 있다면
그건 시간이 지나간 흔적이야.

내 기억이 맞는다면
이 봄날의 풍경도 가위질 당한 사진 같아야 돼.
벌써 시간이 많이 흘렀으니까.

나이 들어서
그래

날씨 흐리면 쑤셔.
"나이 들어서 그래."

중학생 애들이 참 귀엽다.
"나이 들어서 그래."

올해 유난히 낙엽이 그렇게 눈에 밟히네.
"나이 들어서 그래."

밥 먹어도 배고프다.
"나이 들어서 그래."

아침에 생각하면 엊저녁에 뭐 먹었는지를 모르겠다.
"나이 들어서 그래."

대화 중에 날더러 자꾸 "나이 들어서 그래."라는 친구를
만났더니 화장실에서 잠깐 본 내 얼굴이 정말 나이가 들
어 보이더군요.

하루하루가 순환열차 같아요. 그것도 같은 시간, 같은 역
에서 타고 똑같은 역에서 내리는 열차요. 갑자기 답답해
집니다. '정처 없이 어디론가 가고 싶다.' 그러곤 손을 펴
보면 편도 티켓 한 장.
자전거, 기차, 버스, 택시, 오토바이, 배, 비행기, 우주로켓.
탈것을 다 떠올려봐도 세월만큼 무서운 탈것은 없네요.
하, 인생의 가을이 곯을 정도로 익었습니다.

끝까지
말하지 않아도

비를 보는 눈이야말로 어린 시절, 청춘 시절, 중년 시절
그렇게 나이가 들어가면서 참 많이 바뀌는 것 같습니다.
어린 시절의 비는 하늘의 미운 짓 중 하나죠. 청춘 시절의
비는 상처 난 가슴 틈새로 스며듭니다. 나이가 들어 중년에
이르면 비는 위로가 됩니다. 반가운 님이 되기도 하고, 젊
은 시절의 상처를 아물게 하는 토닥거림이 되기도 합니다.
그래서인지 비가 오는 날이면, "비가 오네요."라는 인사
가 많아집니다.

그 뒤에 생략된 말이 무슨 뜻인지
헤아리기 어렵지 않습니다.

아직은 아니다

문득, 갑자기 백 년을 못 사는 인생이라는 말이 빈말이라는 생각이 드는군요. '그 사람을 기억하는 사람이 다 세상을 떠나야 그 사람도 떠난다'라는 인디언의 속담에 무슨 뜻이 꼭 있는 것 같습니다.

특별한 일이 있어서 이런 생각이 든 게 아니에요. 요즘 다시 LP와 턴테이블이 유행하는 걸 보면서 사라지지 않는 것들이 있구나 싶어요. 우리가 지금 현재를 사는 것 같아도 수백 년 전 생각의 옷을 입고 있습니다. 아직은 모던타임이 아니에요.

이름의 사진첩

김창완.

제 이름을 써봤습니다. 그랬더니 처음 한글 깨우치고 쓰던 그때가 생각나더라고요. 아마 매미가 힘차게 울던 때였을 거예요. 엎드려 있는 마룻바닥에서는 나무 냄새가 올라오고, 연필의 향나무 냄새와 흑연 냄새가 났던 기억이 떠올랐습니다. 그 연필에 침을 묻혀 쓰던 그 이름 속으로 냇물도 흐르고, 포플러나무도 푸른 하늘과 함께 쑥쑥 자라고, 그 이름 속에선 철민이가 뜀박질하고 정숙이도 펄쩍펄쩍 고무줄놀이를 했어요.

그렇게 파랗던 이름이었는데
이제는 아저씨가 돼 있군요.
이름이 굴렁쇠처럼 구르고 굴러
여기까지 흘러왔네요.
각자 이름 한번 써보세요.
이것만큼 깊은 추억이 배인 앨범이
또 있을까 싶습니다.

모두
변하나 봐

그땐 이렇지가 않았어요.
창밖이 보이는 라디오 스튜디오도 많질 않았어요.

그땐 이렇지가 않았어요.
힙합보다는 편안하고 감미로운 노래들이 많았어요.

그땐 이렇지가 않았어요.
제각기 차를 가지고 다니지 않았어요.

그땐 이렇지가 않았어요.
편의점이 골목마다 있어서
아침식사를 거기서 때우곤 하지 않았어요.

언젠가는 그땐 이렇지가 않았어요, 하면서
오늘을 돌아볼 날이 오겠죠.
그땐 이렇지 않았어요, 하게 될
그날은 도대체 어떻게 생긴 날일까요.

얼마나 많은 변한 것들로
오늘을 다시 불러낼까요.

이 세상 모든 것은 잠깐입니다. 오직 아주 짧은 잠깐과 조금 긴 잠깐이 있을 뿐입니다. 지금 이 순간, 슬프고 괴로우면 조금 긴 잠깐입니다. 즐겁고 행복하면 아주 짧은 잠깐입니다.

가끔은 큰 소리로
울었으면 좋겠다

싸구려

"어른과 어린이의 차이가 뭐가 있을까?" 생각해봤습니다. 우선 신체 크기의 차이가 있겠지요. 어른이 되면 힘이 세지잖아요. 어릴 때 어른들이 부러운 것 중 으뜸이 힘이 세진다는 거 아닙니까. 그리고 어른들은 아무래도 경험이 많으니까 위험한 걸 미리 알 수 있지요. 또 어른이 되면 제아무리 어두운 곳이라 하더라도 오줌 쌀 만큼 떨지 않을 수도 있습니다.

하여간 어른이 되면 세상 살기가 좀 나아지는데요. 그것은 아직 한 번도 써보지 않은 새 돈과도 같은 동심을 주고 바꾼 것이랍니다.

그런데 동심을 팔아서 산 것치곤
너무 싸구려예요.
아무 쓸데없는 자존심,
머지않아 후회하고야 말 허영심,
누가 주워가지도 않을 이기심같이
한심한 것들뿐이네요.

가끔
그리울 것

그냥 아름다운 아침이 아닙니다. 참 아름다운 아침입니다. 축복과도 같은 가을 아침을 시 한 편에 담아봅니다.

가을의 조건

햇살이 잘 익은 바나나 색깔일 것
또는 낙엽이 떨어지지 않을 만큼 가볍게 비가 내릴 것
초등학교 앞에 문방구가 조금 환해 보일 것
할아버지 담배연기가 길게길게 나올 것
가끔 하늘을 볼 것

그리고 가끔 고독할 것
그리고 가끔 그리울 것

오늘아!

오늘아! 너 너무했다.
어쩜 그럴 수 있냐.
너 정말 밉다.
그렇게 속 편하게 맑을 수가 있는 거냐.
슬픈 사람들 더 외로워지게.

오늘아! 너 얄밉다.
어쩜 이럴 수 있냐.
너 정말 나쁘다.
이렇게 비를 주룩주룩 뿌리면 어떡하냐.
우울한 사람들 눈물 터트리고 싶어지게.

너 너무한다.
혼자 속앓이 하는 사람들 심정 좀 알아주라.

내 마음의
정류장

마음에도 눈이 있어 늘 두리번거린다.
마음에도 발이 달려 늘 서성거린다.
마음에도 정류장이 있어 늘 기다린다.

누가 오기나 할 건가?
누가 떠나기나 한 건가?

내 마음 정류장에는
누가 오기라고 하려는 듯이
누가 떠나기라도 하려는 듯이
들고 나는 바람이 분다.

텅 빈 교실의
철학자

강변을 지나오다 나무를 보니 색이 많이 바랬더군요. 가을 하늘 푸르러만 가는데, 자꾸자꾸 여위어만 가는 나무를 보니 틀림없다, 나무도 이별을 슬퍼하는구나, 하는 생각이 들더군요. 하긴 우리가 보질 못하고 느끼질 못해서 그렇지, 어떤 미물이 떠남을 모르겠습니까.

아버지의 작아진 어깨, 어머니의 주름, 할머니의 기침 소리, 가을 바람에 잎을 떨구는 나무. 이 계절에 돌아보는 내 인생 또한 늘 흑백영화 같아서 가슴 한구석 짠해집니다. 하긴, 늘 지난 것들 다 잊고 한없이 달아나고만 싶었던 내 인생이 나를 가로막고 서 있는 느낌이 꼭 불편한 것만은 아닙니다. 가을은 사색의 계절이란 말을 떠올리지 않더라도 말입니다. 가을은 사방천지가 교실입니다.
누구나 한 번쯤 텅 빈 교실의 고독한 철학자가 돼보는 것도 나쁘지 않지요.

혼자 걷는 길

괜히 우울하고, 힘이 없는 날이 있습니다. 뭐를 하고 싶은
게 있어서 마음이 분주한 것도 아니고, 어디 가고 싶은 데
가 있어서 엉덩이가 들썩거리는 것도 아니에요. 그냥 어
항을 떠다니는 금붕어나 쳐다보는, 바닥에 가라앉은 조약
돌처럼 무표정하게 세상을 바라보고 있는 거예요. 사실
이런 때가 오히려 좋기도 합니다. 홀로 고독을 벗하며 물
끄러미 보다가 유유히 겉돌기도 하고요. 무리에서 빠져나
와 하늘 높이 나는 기러기처럼 말이지요.

어쩌면 인생의 참맛은
이런 건지도 몰라요.
둘이 아니라 혼자 옷깃을 여미며 걷는 길
그게 진짜 인생길 아닙니까.

보호해주세요

TV에서 또는 영화에서 험하거나 무서운 장면이 나오면 엄마가 반사적으로 아이들 눈을 가려주잖아요. 나쁜 것들을 보여주고 싶지 않은 거지요.

그런데 요즘은 SNS에서 뉴스랍시고, 눈을 가리기는커녕 무차별하게 세상 험한 온갖 것들을 다 보여줍니다. 비밀이 없는 것과 보호하지 않는 것은 명백히 다릅니다.

아이의 눈을 가려주는 것처럼 우리 가슴속에 살아 있는 착한 마음을 악으로부터 보호해주세요.

무거운 세수

가을 아침에 세수할 때 손으로 물을 뜨면 물이 좀 무겁게 느껴집니다. 물 온도가 차끈해서만은 아닌 것 같습니다. 가을의 세숫물에는 약간의 추억과 우수의 무게가 더해졌기 때문이지요.

가을에는 하루의 무게가 여름날 같지 않아요. 가을은 만물이 익어가는 때니까요. 물마저도 묵직해지고 모든 게 그렇게 여물고 익어가도록 나는 무엇을 키웠는지, 무엇을 채웠는지 들여다보지만 그저 반성밖에 나오질 않습니다.

술래인생

집 밖에서 하는 옛날 놀이에는 꼭 술래가 있잖아요. 놀이는 그냥 놀이일뿐인데 술래를 계속하면 참 억울해요. 그게 억울하고 분통 터지면 그만두면 될 걸 또 그렇게는 못합니다.

'무궁화 꽃이 피었습니다'라는 놀이에 내가 술래를 하면 한 번 돌아볼 때마다 사람들이 몇 발자국씩 앞으로 다가와서 가까워지잖아요. 내가 뒤돈 사이에 누가 바짝 달려와서 내 등을 탁, 칠까봐 그게 그렇게 조마조마해요. 결국 누가 치고 나면 그어놓은 선 안으로 우르르 죄다 도망가버리고 맙니다. 아무도 잡지 못하고 그 선 밖에 나 혼자 남습니다. 또 술래지요. 다시 등을 돌리고, 그렇게 계속 술래로 남아요. 그럴 때 진짜 서러웠지 않습니까.

그런데 살다 보니까 인생이 그렇더라고요. 나는 왜 만날 술래만 해야 하나, 생각이 들 때가 많아요. 나만 잡으려고 하고 나만 숨은 것을 찾아내야 하고 나만 애쓰는 것 같고…. 놀이할 때보다 더 화가 나고 서글픕니다.

나 원 참,
이놈의 술래는 언제 끝날지.
그런데요,
모두 그렇게 술래로 사는 것 같습니다.
그럼 나 혼자만 술래가 아니지 않나요.
모두 술래일 수도,
술래가 아닐 수도 있습니다.

그러니 너무
억울해하지는 않아도 될 거예요.

고작 지금의
세계

오늘이 어제에게 그랬습니다.
"너 때문에 내가 지금 이 지경이 되었다.
내가 너의 자손인 것이 한스럽다."
오늘은 눈물을 뚝뚝 흘렸습니다.

내일이 오늘에게 와서 물었습니다.
"당신은 나를 위해 무엇을 준비합니까?"
울음을 멈추며 오늘이 내일에게 말했습니다.
"내가 배운 것은 어제에게서 배운 게 전부다.
네게 그걸 가르쳐주는 것이 너무나 괴롭다."

우리가 어제에게서 배운 게
고작 지금의 세계라면,
과연 내일은 우리에게 무엇을 배울까요.

잠깐의 시간

장마 때면 참 지겹게 길다 싶다가도
금세 여름이 가고 가을이 와 낙엽 지는 걸 보면
계절이란 게 정말 잠깐입니다.
내 시절도 그렇지요.
여기까지 참 오래 힘겹게 왔는데도
돌아보면 주마등 스치듯, 그게 또 잠깐입니다.

이 세상 모든 것은 잠깐입니다.
오직 아주 짧은 잠깐과
조금 긴 잠깐이 있을 뿐입니다.

지금 이 순간, 슬프고 괴로우면 조금 긴 잠깐입니다.
즐겁고 행복하면 아주 짧은 잠깐입니다.

잠깐은 견디고, 잠깐은 누려야겠지요.
모든 잠깐이 우리 삶의 조각이겠지요.

빗방울의
일생

빗소릴 가만히 듣고 있으면
빗방울의 일생과 우리의 인생이
참 많이 닮은 것 같습니다.

어떤 빗방울은 꽃잎 위에 떨어져서
방울져 구르다가 꽃받침을 타고 내려가
연한 잎들의 가지를 간질이다 줄기를 애무하고
뿌리를 적시고는 땅속에 고여 맑은 샘물로 머물다가
나그네 목을 축여주고 생을 마치기도 하지만
어떤 빗방울은 차가운 아스팔트에 떨어져서
서둘러 하수구로 모여들고는
금세 강으로 그리고 바다로 나가버립니다.
그 빗방울에게 남은 기억은
휩쓸려가던 다른 흙탕물밖엔 없지요.

우리 삶은 어떤 빗방울을 닮았을까요.
생명을 느끼는 빗방울의 생일까요,
그저 휩쓸려 떠밀려 간 빗방울의 생일까요.

슬플 땐
딱정벌레로

이상하게 내가 낯선 순간이 있습니다. 어제의 나 같지도 않고, 아침에 일어나니 어제 잠자리에 누운 사람은 홀연히 사라지고 딴 사람이 쓰윽 일어나는 것 같이요.

그도 그럴 것이, 전날 밤에 아주 슬픈 일로 잠이 들었는데도 정말 상쾌한 기분으로 일어났으니 말입니다. 아니 이게 딴 사람으로 변신하지 않고서는 도대체 일어날 일이 아니거든요.

그런데 이게 정답 같아요. 슬픈 일을 겪을 때는 변신을 하는 겁니다. 카프카의 〈변신〉 속 그레고르 잠자처럼 딱정벌레로라도 변하는 게 슬픔의 바다를 떠다니는 것보다 훨씬 나을 겁니다.

가을나무

나뭇잎 하나 하늘 한 조각
나뭇잎 둘 하늘 두 조각
알 품 듯
가을 나무
하늘이 꽉 찼다.

바람 불어도
가을 나무
하늘을 꽉 잡고
흔들리지 않는다.

바람 없는 날의
강물

바람이 많은 날 강물은 물결이 반짝반짝해서 예쁜데 얼굴을 비춰보면 내 얼굴이 쭈글쭈글 못생겨 보여요. 바람이 없는 날은 강물에 주름 하나 없습니다. 그 강물에 고개를 들이밀면 얼굴이 그대로 다 비칩니다. 아주 맨질맨질한 거울 같지요.

마음이라는 것은 꼭 강물 같습니다. 뒤숭숭한 마음에 비치는 것들은 알아보기 힘들게 일그러져 있어요. 감정과 생각들이 제대로 느껴지지 않아요.
바람 없는 강물이 맑은 거울이 되어 있는 그대로 온전하게 비추어지듯이 흔들림 없는 마음이 세상 그대로를 비춰내는 거겠지요.

낙엽과 독방

나뭇잎들이 떨어질 때가 되니
나는 껴입는구나.

옷을 껴입는 것이
시간의 멍에를 지는 것 같구나.

옷을 한 겹 한 겹 껴입을 때마다
마음이 한 꺼풀 한 꺼풀 씌워지는구나.

옷 속에 몸을 숨기는 게 아니라
마음을 숨기고 있는 것이었구나.

가을이 고독의 계절인 것은
한 꺼풀 한 꺼풀 멍에로
나를 마음의 독방에 스스로 가두기 때문이구나.

바깥

문 하나만 열면 바깥세상. 아파트는 물론이고 대부분의 집들이 현관 하나로 세상과 통합니다. 예전에는 작은 집이라도 마당이 있어서 거길 지나고 대문을 열면 동네 골목. 늘 지나치는 길이지만 엉덩이 걸칠 만한 것 하나씩 가지고 나오면 공회당도 되고 응접실도 되던 게 우리 동네 골목길이었습니다. 거길 빠져나가면 세상으로 길이 나 있습니다.

문만 열면
세상 속으로 떨어지는
요즘의 현관은
마치 절벽에 붙은
문 같습니다.

생각이
위험하다

갓난아기 시절에는 위험한 것으로부터 보호받지요. 엄마 아빠가 침대에도 난간을 해놓고, 다치지 않게 푹신한 걸 깔아주기도 하고 폭력이나 사고를 미연에 방지하려고 노력합니다. 조금 더 커서 사춘기 시절에도 크게 다를 건 없어요. 온갖 위해요소를 제거해주려고 하잖아요. 그러는 사이 은연중에 세상은 위험해, 라는 그야말로 위험한 생각이 가시철망처럼 마음속에 자연스럽게 쳐지는 건 아닐까요?

내가 만든 나의 가시철망을
끊어내고 싶습니다.

나는
어디쯤에

하늘은 하늘색보다 늘 더 진하고, 물빛은 물색보다 늘 더 진하죠. 마찬가지로 개나리색은 개나리보다 환하지 않고 살색은 피부만큼 곱지 않습니다.

내 가슴의 사랑은 그 흔한 사랑보다 늘 덜 뜨겁고, 내 희망은 널려 있는 희망보다 늘 더 보잘것없습니다. 그러니 나는 어디쯤에, 무엇으로 있는 것인지요.

삶은 늘 보이는 것보다 진하고, 늘 느끼는 것보다 흐리더군요. 하루가 빛바랜 연극 포스터 같습니다.

질문 하나

　'나는 누구인가?'
순간 떠오르는 대답은
누구누구의 엄마다.
누구누구의 아빠다.
누구누구의 아들이다, 딸이다.
그것 말고 또 대답이 있었던가.
그러나 언제부터 잃어버린, 잊어버린 그 물음.
　'나는 누구인가?'

문득, 오랜만에 물어본다.

시간과 강물

시간과 강물은 정말 닮았습니다.
소리 없이 흐릅니다.
멈추지 않습니다.
한쪽으로 흘러갑니다.
같은 강물에 두 번 손을 씻을 수가 없고
같은 시간으로 두 번 살 수가 없습니다.

많은 게 닮아 있지만
정말 닮은 건
그렇게 흘러가는 나를
도무지 볼 수가 없다는 겁니다.

한 걸음

항공모함 갑판에선 여름에는 달걀 프라이를 해먹을 수 있
다면서요? 아침부터 뜨겁게 달궈진 자전거도로 아스팔트
위를 살이 통통 오른 애벌레가 기어가고 있더군요. 위험
천만해 보이는 그 길을 그저 제 갈 길이려니…, 하고 묵묵
히 기어가는 그 벌레가 미물로 보이는 게 아니라 엄청난
생명의 역사로 보이더군요.

우리는 조금만 위험해도, 조금만 내 생각과 달라도 조금
만 불안해도, 가던 길을 멈추고, 돌아가고, 후회하고, 주
저하지 않습니까? 지금 내 생명의 명령을 잘 들어보세요.
내가 나에게 가장 간절히 원하는 것은 무엇인가….
그 명령대로 한 걸음이라도 떼고 볼 일입니다.

내 안의 길

늘 떠나려고만 했던 나.
늘 떠나고 싶어 했던 나.
혹시 내 안에 길이 있는 것은 아닐까?

가방을 꾸리기 전에
운동화 끈을 묶기 전에
차에 시동을 걸기 전에
우선 내 안에 길을 찾아봅니다.

너무 오래 찾지 않아서
먼지가 켜켜이 쌓인 그 길을.
너무 오래 외면해서
불빛 하나 없는 그 길을.

깊은 사색은 앉아 있을 때가 아니라 걷는 동안에 이뤄집
니다. 제자리에 붙박인 채로 하는 생각은 자신을 가두기
쉽습니다. 생각일 뿐인 생각이라는 거지요.

걸을 때마다 콧노래가 나온다면 거짓말이겠지만 확실히
멈춰 서 있는 것과는 다릅니다. 걸으면서 스치는 풍경은
단순히 눈에 비칠 뿐 아니라 온몸과 기억을 통틀어 체험
하는 것과 같지요.

도시에 잘 깔린 보도블록 위를 걷는 게 숲속의 오솔길이
나 동물들이 지나는 길에 비해 참 무표정하고 무감각하긴
하지만 길이 부를 때 떠나세요. 자유의 유혹을 단호하게
뿌리치는 것도 자신에 대한 매너는 아닙니다.

안개

비밀스레 가려져 있는 안개를 지나, 온 길을 돌아보면 아까 보이던 풍경들이 기억상실처럼 사라져 있습니다.

몽롱한 안개 가운데에 있으면 삶을 배웁니다. 안개 속에 희망의 비밀번호가 있는 것이 아닐까 하고요. 안개 속에서 보이는 건 기껏해야 지금 내가 서 있는 자리에서 지척의 거리일 뿐입니다. 그러나 당장 보이지는 않지만 저 앞에도 길이 있다는 믿음이 나를 계속 가게 만듭니다. 희미하지만 지나온 길이 남아 있다는 위안이 또 발걸음을 떼게 합니다.
안개가 제 귀에 속삭인 이야기입니다.

자승자박

세수하다 말고 거울을 보며 농담처럼 저한테 물었습니다.
"너는 누구냐. 대체 넌 누구냐?" 농담처럼 저한테 대답했
습니다. "지금 방송하러 가야 되니까, 쓸데없는 질문하지
마라." 이 엉뚱한 대답을 하자마자 희한하게도 순간 펑, 하
며 대답한 제가 사라지는 느낌인 겁니다. 이상하게 제가
저한테 면박받은 기분이었습니다.
제가 저한테 그렇게 무시당해도 되는 거냐고요. 실없이
스스로 한 농담에 남에게 들은 타박보다 더 무안해져버렸
습니다.

스스로 자책하는 것,
스스로 원망하는 것이
다른 사람에게 받는 질타보다
더 상처가 되지요.
나를 잘 대해줍시다.

내가
좋아하는 것들

파란색을 좋아하고,

팝송이나 가요보다는 클래식 음악을 좋아하지.

피자는 마르게리타를 먹어야 하고,

파스타는 알리오올리오나 봉골레만 시키지.

걷는 걸 좋아하고,

TV는 드라마보다는 홈쇼핑이나 여행채널을 보지.

독서를 하기는 하지만

베스트셀러보다는 고전을 읽는 게 나은 것 같아.

볼펜보다는 만년필을 좋아하는데

잉크 넣는 게 귀찮아서 그냥 사인펜을 쓰지.

식빵의 껍데기보다는 포실포실 하얀 속살을 좋아하지.

이야기를 하자면 끝이 없지만 내가 좋아하는 것들을 가득
써보세요. 그러다 보면 내가 좋아하는 세상으로 될 수 있
지 않을까요.

다시 오지
않을 듯이

이렇게 마주 보고 앉아 있으면
너와 내 앞에 공기가 흐르고 있는 게 보이지 않니?

그건 어쩌면 침묵의 시간이 보이는 건지도 몰라.
엊그제 비바람에 이제 다 지나간 이야기가 됐지만
너와는 정말 이야기할 시간도 없었던 것 같다.

한동안은 지난겨울을 추억하느라
또 한동안은 너의 웃음 같은 꽃들에 정신이 팔려
정작 너와는 따뜻한 말 한마디 한 게 없구나.

비바람 속에서 알았지.
이별은 늘 성급하게 온다는 것을.
맥베스의 절규처럼,
"그게 왜 오늘이어야 하느냐.
적당한 때가 있을 텐데,
내일 또 내일 그리고 또 내일도 있는데."

아무리 애타는 마음이라도
지는 꽃을 다시 피울 수는 없는 것.

가라. 다시 오지 않을 것처럼 가거라.
오히려 그것이 희망이다.

나를
만드는 것

아름다운 눈이 생각나는 사람, 목소리가 인상적인 사람, 옷
차림이 멋스럽고 인사를 잘하는 매너 좋은 사람, 차만 으리
으리한 사람, 저마다 독특한 캐릭터가 있기 마련이지요.
"사람들이 나는 어떤 사람으로 기억할까?" 이런 생각을
해봤습니다. 내 안에 있는 것들이 나를 만드는 것이라는
애덤 스미스의 말처럼 나를 만드는 건 결국 나구나, 하는
결론에 이르렀습니다.

내가 생각하는 것이
내가 사는 세상입니다.

달콤쌉싸름한
인생

아주 맑은 날은 내가 발가벗겨지는 것 같아서 쑥스럽기도
한데, 약간 흐린 날은 내 실제의 모습 같아 오히려 편하게
느껴지기도 합니다.

날씨뿐 아니라, 약간의 우울은 즐기기로 맘먹기만 하면
인생의 양념이 되기도 해요. 초콜릿이 마냥 달기만 하면
그거야 말로 네 맛도 내 맛도 아니죠. 약간의 쌉싸름함이
야 말로 초콜릿의 매력입니다.

그러니 약간의 고달픔이
인생의 맛인지도 모를 일이죠.

신발 같은
오늘에게

한 신발만 신으니까 가죽은 이미 색이 바랬고, 뒤꿈치 바
닥은 아예 물러 주저앉았고, 앞쪽 고무바닥은 떨어져서 돌
부리에라도 걸리면 개가 하품하는 것처럼 쩌억 벌어져요.
매일 얼마나 똑같이 이 신발을 끌고 다녔으면 닳기도 꾸
준히 닳아서 이렇게 너덜너덜해졌나, 싶더라고요. 또 제
하루도 매일 신는 신발처럼 그날그날 똑같은 건가, 하고
씁쓸해졌습니다.
오늘한테 좀 미안했습니다.

날짜 지난 신문만큼 알차게 쓸 만한 게 또 없습니다. 예전에 부엌에 보면 어머니께서 구운 김을 얹어놓거나 빈대떡 기름 뺄 때 그 밑에 신문지가 있었어요. 그뿐인가요. 골목길 번데기장수 아저씨도 거기에 번데기를 담아줬고, 군고구마도 늘 신문지에 싸여 있었지요. 예나 지금이나 신문지는 젖은 신발 말릴 때 최고이긴 합니다.

아무리 다용도로 쓰여 좋다고 해도 사실, 신문은 신문이어야 하지 않습니까. 나쁜 소식이든 좋은 소식이든 삶의 다반사를 알리는 게 신문이 하는 일인데 기름 빼고 물 빼는 데 좋다고 하는 게 맞나 싶어요.

순간, 정신이 번쩍 듭니다. 내가 인생을 헌 신문지처럼 사는 거 아닌가, 하고요.

원래 쓰임새는 잃어버리고 이 소중한 삶을 신문지처럼 기름을 빼고 번데기를 싸는 데 쓰고 있는 거라면 큰일인데요.

미안하고 미안해

두서없이 글을 써보자, 하고 처음 시작할 말을 떠올리는
데, '미안해'가 튀어나왔습니다.

아니 어쩌자고 하필이면 이런 말이 생각이 났을까? 하고
생각하는 순간 '두서없는 거라며'가 기다렸다는 듯이 밀
어닥칩니다.

'미안해' 그 뒤에는 뭐가 없을까? 하고 곰곰이 생각해보니
그 말 뒤에도 비슷한 말입니다. '미안하다니까' 또 그 말 뒤
에도 똑같아요. '미안하다고'. 인생에 남는 게 '미안'뿐인
가 봅니다.

사람에게나 세월에게나….

꼬마 자전거

고물 장수 아저씨의 리어카에는 버려진 에어컨과 부서진 찬장이 있었고, 그 위에 녹슨 어린이용 자전거가 얹어져 있었습니다. 군데군데 칠이 벗겨진 그 자전거를 보니 아이의 까르르 하는 웃음소리가 들려오는 듯했습니다. 그 자전거가 추억하고 간직하고 있던 꼬마 주인님의 목소리를 저에게 전송한 건지도 모르지요.

나도 언젠가 저 자전거처럼 용도 폐기될 날이 올 것이라는 슬픈 생각이 들었습니다. 그날이 슬픈 것은 내가 저렇게 녹슬어서 못 쓰게 됐기 때문이 아니고, 내가 그 모든 것을 기억하고 있다는 것을 아무도 인정해주지 않을 때가 아니겠습니까. 그거야말로 버려지는 것 아닐까요.
사람은 사람에게 잊힐 때가 죽는 것이라는 말처럼, 아무도 내가 삶을 기억하고 있다는 사실을 알아주지 않고 나의 존재마저 잊힌다면 살아왔던 시간이 너무 무의미하겠지요.

스러지고 버려지는 것들을 다시 한 번 제대로 보고 싶습니다. 한낱 작은 것에도 스며 있는 시간이 있을 텐데요. 저라도 묵묵히 기억해주고 싶습니다.

내 바깥에
내가 있다

우리가 시간을 너무 이렇게 저렇게 재단하는 게 아닐까요. 어떤 시간은 일하는 시간, 어떤 시간은 노는 시간, 어떤 시간은 너를 위한 시간이고 어떤 시간은 나를 위한 시간이라고 말이지요.

한 스님 말씀이 생각납니다. "내 바깥의 모든 것에 자비로운 마음을 가지면 비로소 내가 보인다."라고요.

다른 이를 위한 그 시간이 진정한 나의 시간이고, 나만을 위한 그 시간은 그저 잃어버리는 시간인지도 모릅니다.

착각의 위로

가만히 앉아 있어도 마치 기차 안에서 보는 풍경처럼 창밖의 풍경이 어디론가 흘러가고 있는 것 같습니다. 기차가 플랫폼을 떠날 때 내가 움직이는 건지, 어두컴컴한 기차 역사가 움직이는 건지 잠시 착각이 일 때가 있죠.

떠나고 싶은 마음이 창밖의 풍경을 움직이게 했는지, 창밖에 멈춰 있는 낙엽 지는 나무들이 내게 떠나라고 부추기는 건지.

현실을 벗어나고 싶은 소망이 만드는 착각이라면, 그 착각에 잠시 위로받고 싶습니다.

민낯의 역설

위험할 정도로 아름답고 슬플 정도로 멋질 수 있습니다.
아득할 정도로 빛날 수도 있지요. 삶에는 역설의 아름다
움이 있습니다.

즐겁게 살아야지, 많이 웃어야지, 매일 행복해해야지, 그렇
게 억지로 애쓸 필요는 없습니다. 서럽고, 서운하고, 서글
프더라도 그 너머에 삶의 역설의 가치가 있기 마련입니다.
그런 삶의 민낯을 느끼는 것에 애써야 하지 않을까요.

세상 끝까지
달려서

자전거를 타고 교각 밑을 지나면서 보니, 물이 샜는지 배수구 몸통 근처에 고드름이 주렁주렁 달렸더군요. 고드름을 보고 있으니 옛 친구 만난 것 같았습니다. 어릴 적 초가지붕 밑으로 달린 고드름을 통해 본 세상은 아주 작았는데요. 그래서인지 마음만 먹으면 늘 세상 끝까지 갈 수 있을 것 같았습니다. 이제 어른이 되고 보니 내가 가볼 수 있는 세상은 정말 그리 넓지 않다는 걸 알게 됐습니다.

고드름이 얘기합니다. 가볼 수 있는 데는 가보라고. 꿈을 접기엔 아직 이르다고 말이지요.

순간은
어두워도

새벽에서 이른 아침으로 넘어갈 무렵이면 가로등이 꺼집니다. 그러면 갑자기 어두워질 것 같아요, 밝아질 것 같아요? 꺼지는 그 순간엔 어둠이 밀려오는 듯합니다.
그러나 잠시 후면 하늘이 열린 걸 알 수 있지요. 가로등이 켜져 있을 땐 사위가 온통 어둠 속일 것만 같은데, 가로등 불빛이 사라지고 나면 비로소 여명이 있음을 깨닫습니다.

성공을 내 인생길을 밝혀주는 가로등이라고 생각한다면 실패하고 나면 온천지가 어둠뿐일 것 같지만 실은 그런 절망적인 순간에 여명이라는 희망이 보입니다.

시간생각

우리는 무의식중에 시간에 관한 생각을 많이 하지요. 시간을 얼마나 잘못 보내면 이렇게 매순간 시간생각이 떠나지 않는 걸까요. 그 얼마 안 되는 엘리베이터 기다리는 시간조차도 초조해서, 신호등 바뀌는 시간도 답답해서 아등바등하는지 속상합니다.

당장 앞에 있는 시간에만 매달리니 보낸 시간은 후회투성이이고 다가올 시간은 요원하기만 하겠지요. 이런 불안 심리는 더군다나 여유 없는 생활을 더 각박하게 만들 뿐입니다.

한순간도 내 생에 천착하지 못하면서
내 힘으로 어쩔 수도 없는 시간생각에만
온갖 기운을 다 빼는 게 아닐까요.

노란 리본이
있습니다

🎗

말이 없는 절규가 들려왔습니다.
가만히 있는 침묵은 견디기 힘든 비명입니다.

🦋

빚진 마음이 커져갑니다. 그 옛날 기력을 잃고 누워 계신
어머니에게 할머니께서 떠먹이시던 미음이 생각납니다.
그 한 모금이 희망이 되던 시절을 떠올려봅니다. 이 마음
이 그 미음이 되어 위로가 되기를 간절히 바라봅니다.

🎗

'역치'라는 게 있어서 처음에는 지독하던 냄새도 조금 지
나면 적응이 된다고 합니다. 눈도 그렇잖아요. 갑자기 어
두운 곳에 들어가면 아무것도 보이지 않다가 차츰 보이잖
아요.
그러나 그 애통함은 조금도 적응이 되지 않습니다. 적응
하길 거부하는 건지도 모릅니다. 또, 물살이 빨라지고 비
바람이 불면 어떻게 되는 걸까요.
아… 망망대해입니다. 여전히 눈물의 바다입니다.

말없이 휴대폰을 켜고 말없이 뉴스를 검색하고
말없이 밥을 먹고 말없이 양말을 신고
말없이 문을 열고 말없이 문을 닫고
말없이 시동을 켜고 말없이 운전을 하고
말없이 한숨을 쉬고 말없이 먼 산을 보고
말없이… 말없이.

그날 이후 감히 누가 누구를 위로한다고 하기도 힘들 만
큼 모든 사람이 모두의 아픔을 떠받치고 있습니다. 무거
운 짐을 다 함께 지고 있습니다.

말을 전하고 노래를 들려드리는 것과 마음이 전해지고 뜻
을 함께하는 게 참 다른 일인 것 같습니다. 그래서 마음과
마음이 부딪히는 소리 '뭉클'을 듣기가 힘든 모양입니다.

사람의 정성이라는 게 자로 잴 수도 없고 저울에 달 수도 없고 계량컵으로 잴 수도 없습니다.

정성을 가늠할 수 있는 건 오직 마음뿐이라 오늘도 그저 마음 다해서 위로하고 또 온 마음 다해서 각오를 다집니다. 그날을 반복하지 않겠다고요. 다시는 그런 일을 만들지 않겠다고요.

그날 이후, 어린이날이 마냥 해사하진 않습니다. 어린이날에게 미안합니다. 라디오 청취자 중 한 분은 음악도 못 틀고 운동회를 한다는 사연을 보내셨습니다. 어린이들에게 노래를 빼앗고, 어린이들에게서 웃음을 빼앗은 어른이어서 모든 어린이에게 미안하고 어린이날에게 고개를 들 수가 없습니다. 다시는 이런 어린이날을 맞지 않도록 노력하겠습니다.

다시 한 번 어린이날에게 미안합니다.

안녕, 나의 모든 하루

김창완의 작고 사소한 것들에 대한 안부

2016년 7월 25일 초판 1쇄 | 2024년 3월 29일 8쇄 발행

지은이 김창완
펴낸이 박시형, 최세현

마케팅 양근모, 권금숙, 양봉호, 이도경 **온라인홍보팀** 신하은, 현나래, 최혜빈
디지털콘텐츠 최은정 **해외기획** 우정민, 배혜림
경영지원 홍성택, 강신우, 이윤재 **제작** 이진영
펴낸곳 박하 **출판신고** 2006년 9월 25일 제406-2006-000210호
주소 서울시 마포구 월드컵북로 396 누리꿈스퀘어 비즈니스타워 18층
전화 02-6712-9800 **팩스** 02-6712-9810 **이메일** info@smpk.kr

쌤앤파커스(Sam&Parkers)는 독자 여러분의 책에 관한 아이디어와 원고 투고를 설레는 마음으로 기다리고
있습니다. 책으로 엮기를 원하는 아이디어가 있으신 분은 이메일 book@smpk.kr로 간단한 개요와 취지,
연락처 등을 보내주세요. 머뭇거리지 말고 문을 두드리세요. 길이 열립니다.